JN109194

ゼノン・バスカヴィル◆魔法戦士《ルーンナイト》
ウルザ・ホワイトオーガ◆狂戦士《バーサーカー》
エアリス・セントレア◆僧侶《クレリック》

レオン・ブレイブ◆魔法戦士《ルーンナイト》
ナギサ・セイカイ◆剣士《ソードマン》
シエル・ウラヌス◆魔術師《ソーサラー》

悪逆覇道のブレイブソウル1

レオナールD

BRAVENOVEL
ブレイブ文庫

プロローグ

あなたの好きなゲームは何ですか？

誰かにそんな質問をされたら、俺は迷うことなく『ダンジョン・ブレイブソウル』というゲームの名前を挙げるだろう。

これはいわゆる剣と魔法の世界を舞台にしたファンタジーRPGを主軸として、そこに学園における複数ヒロインとの恋愛要素を組み合わせた作品である。

主人公の名前はレオン・ブレイブ。かつて魔王を封印した勇者の子孫であり、物語の舞台となっているスレイヤーズ王国にある『王立剣魔学園』に通うことになる新入生だ。

学園に入学した主人公は様々なヒロインと出会い、パーティーを組んで迷宮に潜って冒険をしていく。

いくつもの敵と戦い、財宝やマジックアイテムを見つけ出し、時には人間の悪意から引き起こされた事件に立ち向かっていく。

そうしてヒロイン達と絆を深めていった主人公は、やがて勇者の子孫として世界を救うために魔王と戦うことになるのだ。

多彩なイラストと躍動感のあるバトルシステムによって多くのプレイヤーを引き付けたこの

ゲームは、元々、成人指定のＰＣゲームだった。当然ながら、ヒロインとの濃厚なラブシーンも盛り込まれていたりする。

後に発売される全年齢版ではカットされていたそのシーンもまた、多くの男性を『ダンブレ』の世界に引き込む要素の一つだった。

その魅力はゲームだけにとどまることはなく、コミカライズにグッズ展開、アニメ化までしたほどである。

さて……こんな風に『ダンブレ』の魅力を語ってきた俺であったが、反対に嫌いなゲームを聞かれれば、やはり迷うことなくこう答えるだろう。

『ダンジョン・ブレイブソウル２』――これはとんでもないクソゲーだと。

名前の通り、前作の『ダンブレ』の世界観を引き継いだこの『２』であったが、これは発売からわずか一週間でゲーム業界を震撼させる騒動を巻き起こした。

これはレオンが魔王を封印した後の世界が舞台になっているのだが、主人公はレオン・ブレイブではない。それまで名前しか登場していなかったレオンのクラスメイト……ゼノン・バスカヴィルという男が主役だったのである。

このゼノンという男を端的に表すのならば……『クズの外道』、『女誑しの人でなし』とでも言うしかない。

魔王を倒して平穏な日常を取り戻したレオンの前に現れたゼノン・バスカヴィル。彼はレオンの男友達として近づいてきて、交流を深めていく。

それまでヒロイン達に囲まれて男の友人がいなかったレオンは新しくできた悪友を好意的に受け止め、徐々に心を開いていった。

しかし、レオンとゼノンが親しくなるほどに、それまで絆を深めていたはずのヒロイン達の様子がおかしくなっていくのだ。レオンのことを不可解に避けるようになり、学園の昼休みや休日に姿を消すようになってしまった。

ここまで説明すれば、察しのいい者は気づいていることだろう。

そう……レオンの愛するヒロインはゼノン・バスカヴィルによって寝取られていたのだ。

レオンに近づいたゼノンは、あらゆる手段を使ってヒロインを篭絡していった。

暴力、脅迫、誘拐、薬物、闇魔法による催眠と洗脳。スレイヤーズ王国における上級貴族であり、裏社会を牛耳るギャングのボスであったバスカヴィル家の力の前には、いかに魔王を討伐した勇者の仲間であっても逆らうことはできなかった。時間を重ねるごとに身体はもちろん、心までも堕とされていったのである。

ゼノンの魔の手にさらされたのは、メインヒロインである三人の女性に留まらない。学園の女教師や、世話になった先輩、可愛がっていた後輩。挙句の果てに、王都から離れた辺境の村に暮らしている、レオンの母親や妹までもがゼノンの餌食となってしまった。

メインヒロインもサブヒロインも、関わった全ての女性を奪われたレオン・ブレイブ。

魔王を倒した英雄だったはずの青年は、最終的にありもしない罪を被せられて名誉まで失い、犯罪者として投獄されることになってしまう。

最後にはヒロイン達がゼノンによって抱かれて、媚びたあえぎ声を漏らしている場面を見せつけられ、絶望に血の涙を流すのである。

前作の心を震わせる愛と戦いの物語から一転して、陰湿で醜悪なＮＴＲゲームとなった『ダンブレ』の新作には当然ながら非難と批判が殺到した。

制作会社の電話は連日のようにトラウマを植え付けられたプレイヤーの抗議によって鳴り続けることになり、あまりに相次ぐクレームに制作スタッフによる謝罪会見まで開かれたほどである。

どうして夢のあるファンタジーを制作していたはずのスタッフが、こんな悪い意味で挑戦的な問題作を生み出してしまったのか。

その原因には、ゲームの制作期間中にプロデューサーが奥さんを若い男に寝取られてしまったり、シナリオライターが結婚詐欺に遭って貯金を全て巻き上げられてしまったり……様々な人間の悪意に満ちた裏事情があったりする。

『女性』という生き物に絶望して、自暴自棄になってしまったスタッフ陣には同情する。しかし、まっとうな感覚を持つプレイヤーとしてトラウマを植え付けられたこちらとしては、とても許すつもりにはなれない。

騒動の果てに制作会社が経営破綻を起こしたのも、当然の報いだと思っている。

そんな栄光と破滅の黒歴史を歩むことになった『ダンブレ』であったが、意外なことに騒動の後も根強いファンが残っていたりする。

世の中には他人の幸福を妬み、不幸を喜ぶ人間、悪党に対して憧れを抱いている人間も少数派ながらも存在しているのだ。そんな人間達にとって、愛も名誉も全てを手に入れたレオン・ブレイブという男はいけ好かないリア充でしかなかったらしい。

レオンがヒロインを奪われていく姿に興奮して、悪の花道を堂々と闊歩するゼノンに憧れを抱くプレイヤーもかなりの数がいたようである。

前作の大ファンである俺には欠片も理解できないことだったが、『ダンブレ２』こそが神ゲーであると口にする者までいるくらいだ。まったくもって嘆かわしいことだった。

さて……こんなふうに好きなゲームと嫌いなゲームについて長々と論じてきたわけだが、そろそろ本題に入りたいと思う。

突然、話が変わってしまって非常に申し訳ない限りだが、どうやら俺は死んでしまったようである。

それはゲームの世界ではなく現実でのこと。当たり前であるが教会での蘇生も復活魔法も使うことはできない。

いや、死んでしまったなら話をすることなんてできるわけがないだろう。お前はいったい誰だよ。

そうやって疑問に思う方もいらっしゃるだろうから、いい加減に自己紹介させていただきたいと思う。

俺の名前はゼノン。ゼノン・バスカヴィル。
現代日本で命を落とした末にゲームの世界に転生してしまった悪役主人公である。

第一章　悪役転生

「……知らない天井だ」

などとお決まりのセリフを吐いて、俺はベッドから起き上がった。

頭がガンガンする。身体の節々に筋肉痛のような痛みが走っている。いったい、自分はどうしてしまったというのだろう。

「…………いや、そもそも何処だよ、ここは。俺の部屋じゃないよな？」

部屋の中をキョロキョロと見回して、思わず独り言をつぶやく。

目を覚ました部屋は高級ホテルのような洋室である。ベッドは余裕で五、六人が横になれるほど広く、洋服ダンスやテーブルなどはいかにも高級感のあるデザインをしていた。

視線を落とせば、目に入ってくるのは自分の格好。高校時代から寝間着として使っているジャージではない。身に着けているのはパンツだけで上半身は裸である。

「む……？」

いや、俺はいつからこんな細マッチョになったのだ。

細身ながらも無駄のない筋肉がしっかりと付いており、腹筋などは六つに割れている。

「まさか……いや、冗談だろ？」

さすがにこの段階になると、自分に起こった事態に気がついてくる。

これはいわゆるアレだ。ライトノベルやネット小説でお決まりのアレではないだろうか？

部屋の壁に鏡が掛けられているのを見つけた。俺はベッドから立ちあがり、ズキズキと痛む身体に鞭を打って鏡の前に立つ。

「…………！」

鏡の中に映っていたのは、黒髪の青年である。

スラリと鼻筋が通った西洋風のイケメンだったが、目つきが異常なほど鋭く、瞳の色は血のように赤い。その相貌はまるで映画に出てくる吸血鬼。『格好いい』というよりも『怖い』、『恐ろしい』という印象が強い顔立ちだった。

こんな顔は知らない。そもそも、俺は日本で生まれ育った平凡な会社員なのだ。こんなマフィアの後継ぎのような悪人面では決してない。

「いや……マフィアの後継ぎ？」

心の中で思った何気ない単語に、鏡の中の顔に見覚えがあることに気がついた。必死に記憶の海を探っていくと、連鎖的に自分の経歴が蘇ってくる。

自分が日本にいたこと。三十代前半ほどの年齢で会社員であったこと。趣味がゲームであったこと。

思い出せる最後の記憶は……仕事が終わって、疲れ果てた身体で深夜に帰宅したことである。

残業続きで身体は鉛のよう。会社に泊まり込む日々が続いていて、自宅に帰ってきたのも一週間ぶりだった。久しぶりに風呂に浸かり、どうしてあんなブラック企業に就職してしまったんだと嘆きながらビールを一気飲みして……そこでプツリと記憶は途切れている。

おそらく、あれから俺は死んでしまったのだろう。

脳卒中か心筋梗塞。あるいは過労か。俺も成人病が気になる年頃だった。仕事の激務も続いており、いつ身体を壊してもおかしくないと思っていた。

あのまま独り暮らしの自宅で死んでしまい、ライトノベルでお馴染みのアレ……すなわち、『転生』してしまったのではないだろうか？

「おいおい……マジかよ。俺は、いや……この顔はもしかして……!?」

そのまましばらく記憶を探っていくと、ようやく鏡に映っている人物の正体に気がついた。

「この世間の悪意を全部混ぜ合わせたような悪人面……ひょっとして、ゼノン・バスカヴィルに転生したのか!?」


ゼノン・バスカヴィル。

それは前世の自分にとって忌まわしい存在。最も憎むべき相手。俺が愛してやまない神ゲーム『ダンジョン・ブレイブソウル』を汚した悪役の名前である。

どうしてすぐに気がつかなかったのだ。こんな悪そうな顔は世界中探したって二人といないだろうに。

ひょっとしたら、この男によって植え付けられたトラウマを思い出さないように、記憶に鍵をかけていたのかもしれない。

「何で……どうして、よりにもよってこいつに転生してるんだよ……！」

俺は激しい怒りに襲われて、拳を握り締めた。

どうしてよりにもよってゼノン・バスカヴィルなのだ。いったい前世でどんな悪行を働けば、自分が最も憎む男に生まれ変わるのだ。

怒りと苛立ちがマグマのように湧き上がってきて、鏡の中のゼノンの顔面も鬼のように歪んでいく。

どうせ転生するならば、主人公のレオン・ブレイブがよかった！

大勢のヒロインと愛を育んでハーレムを築きたかった！

そうやって魂の叫びを上げていると、部屋の扉が控えめにノックされた。俺が応えるよりも先にガチャリと扉が開かれる。

「失礼します…………え？」

「あ？」

入ってきたのはメイド服を着た若い女性である。年齢はおそらく二十代半ばほど。紫がかった髪を頭の上で結っており、顔立ちは非常に整っている。

メイドは鏡の前に立っている俺に目を丸くして固まっていたが……見る見るうちに顔を蒼白にした。

「失礼いたしました！　許可なく部屋に入ってしまって申し訳ありません！」

バッと勢いよく頭を下げる。腰を直角に曲げた深々としたお辞儀だった。

「いつもは部屋の外からノックをしてもお起きにならないので、ついつい無断で中に入ってしまいました！　どうかお許しくださいませ！」

「あ、えっと……」

必死に謝罪をしてくるメイドに、俺は困惑して顔をひきつらせた。

どうやらゼノンは相当に使用人から恐れられているようである。さすがは稀代の悪役。ゲーム業界を震撼させた寝取り男だ。

突然、部屋に入ってきたメイドに戸惑った俺は思わず言葉を失ってしまう。そんな俺の反応を悪いように受け取ったらしい。女性は覚悟を決めた表情で顔を上げた。

「……ご無礼をしました罰を頂戴いたします。お目汚しを」

「うおっ⁉」

メイドは意を決したようにエプロンを脱ぎ捨て、ブラウスのボタンを外していく。突然のストリップに固まっている俺の目の前で、メイドは上半身をはだけて両手を壁についた。

「っ……！」

「……どうぞ。いつものように折檻をしてくださいませ。覚悟はできております」

「お前、その傷は……！」

半裸になったメイドの背中には無数の青アザがついていた。まるで鞭で打ったような傷跡で、痛々しいミミズ腫れが白い肌のあちこちを這っている。

「『いつものように』……だと？」

まさかとは思うが、ゼノンはこのメイドに日常的に暴力を振るっているのか。

服を脱がして背中を剥き出しにして、鞭で叩いているというのか。

俺は激しい怒りに叫びそうになるが……すんでのところで激情を堪えた。ここで騒いだら不審に思われてしまう。

ゆっくりと呼吸を繰り返して荒ぶる感情を抑え込み、椅子に掛けてあったガウンを取ってメイドの背中にかぶせる。

「……ゼノン様？」

不安そうな声を漏らしながらメイドが振り返る。俺は顔を見られないように目を伏せて、ぶっきらぼうな口調で言う。

「……折檻はしない。さっさと服を着ろ」

「え？　ですが、いつもだったら最低でも十回は……」

「二度言わせるな！　そんなことでお前を叩いたりしないから、服を着ろ！」

「ひっ……か、かしこまりました！　すぐに服を着ます！」

メイドは怯えたようにこちらの顔を窺いながら服を着ていく。

俺はスタイルの良い身体つきから目を逸らしつつ、今のうちに自分の服を着ておく。幸い、脱ぎ捨てられた男性物の服が床に落ちていた。黒を基調にした衣装はゲームでも見た『ゼノン』のコスチュームそのものである。

「お待たせいたしました。服を着ましたけど……これから、私は何をすればよろしいでしょうか？」

メイド服をキッチリと着た女性が尋ねてきた。

改めて思うが、とんでもないレベルの美女である。ゲームにこんな美女が出てきた記憶がないが、これほどの女性がモブとして埋もれていたというのだろうか。

「あー……お前、今日は何年の何月何日だ？」

女性がメイド服を着込んだのを見届けて、口を開く。

本当は名前を尋ねたいところだったが、俺がゼノンではないとバレかねない。適当に言葉をぼかしながら今日の日付を尋ねた。

「えっと……今日はスレイヤー暦１０１年の４月５日ですけど……」

メイドはわずかにきょとんとした顔になったが、すぐに俺の質問に答えてくれる。

西暦でも令和でもなく、『スレイヤー暦』ときたか。やはりここは『ダンブレ』の世界で間違いないようである。

「１０１年の４月５日って、たしか……」

それは俺にとっては忘れられない日付である。その日は『ダンブレ』の主人公であるレオン・ブレイブが王都にある王立剣魔学園に入学する日だからだ。

メインシナリオはもちろん、ヒロイン達の個別エンド、後に追加シナリオとして配信されたサブヒロインルートも全てクリアしている俺にとって、入学式の時間まで思い出すことができる印象深い日付だった。

「ん……ということは、俺も今日から学園に通うのか？」

「はい。今日はゼノン様の入学式ですが……」

思わずつぶやかれた独り言に、メイドが律儀に応えてくれた。

ゼノン・バスカヴィルはレオンの同級生。当然、同じ日に学園に入学することになる。

時計に目をやると、俺と同じ背丈の振り子時計の短針は六を指している。入学式は九時からなので、まだ時間には余裕はある。

「ゼノン様……ひょっとしたら今日は朝の鍛錬はお休みされるのでしょうか？」

「鍛錬？」

「はい、毎朝欠かさずになされているようなので、今日もいつも通りの時間にご起床かと思ったのですが……」

「毎朝欠かさず……俺が？」

メイドの言葉に、俺は意外に思って瞬きを繰り返す。

ゼノン・バスカヴィルにそんな努力家な一面があったとは思わなかった。

確かに、『ダンブレ２』に登場するゼノンは学年次席の成績を誇る優等生だった。バトルパートにおいても高い性能を発揮する万能職のジョブについており、主人公と魔王を除けば敵無しという屈指の実力者である。

その実力の陰にそんな努力の積み重ねがあったとは……『２』ではそんな描写はまるでなかったはずなのだが。

「どうされましたか？　鍛錬をお休みなさるのでしたら、すぐに朝食の準備をいたしますが？」

「いや……いつも通りに鍛錬はしよう。訓練場は……あー、先導してくれ」

「はあ？　承知いたしました」

メイドは不思議そうに首を傾げながらも、部屋を出て廊下を先導していく。

俺は――ゼノン・バスカヴィルは緊張を隠しながら、メイドの背中を追いかけて屋敷の廊下を歩いていった。


「フッ……フッ……フッ……フッ……」

剣を握り締め、一定のリズムで振り下ろす。金属製の剣が早朝の冷えた空気を切り裂き、鋭い風切り音が屋敷の庭に響き渡る。

バスカヴィル家はスレイヤーズ王国において『侯爵』の位を授かっている上級貴族だった。

その屋敷は王都でも有数の大きさがあり、庭もちょっとしたグラウンドくらいの広さがある。

そんな広々とした庭の片隅で、黙々と剣を振った。

右手で握り締めているのは鉄で鋳造された剣である。鍛錬用の模擬剣のため、刃はハンマーで潰してあるようだ。

「フッ……フッ……フッ……フッ……フンッ！」

全身の力を込めて剣を打ち下ろす。ズバンと一際大きな音が鳴って、髪の先から汗の粒が散る。

その一撃はもしも眼前に敵がいたのであれば、確実に仕留められたであろう必殺の攻撃であった。

「だいぶこの身体にも慣れてきたな……鍛錬はこれくらいにしておくか」

大きく息をついて、俺は模擬剣を地面に突き立てた。

俺の剣捌きは完全に熟練者のそれだったが、決して武術の経験があるわけではない。ゼノン・バスカヴィルという男の肉体に、剣の使い方が染みついているのだ。

こうして鍛錬をしているうちに、少しずつだがゼノンの身体が馴染んでくるのを感じていた。一時間の鍛錬を終えた今では、まるで生まれた時からこの肉体を使っていたような感覚すらある。

「それにしても……ゼノンは意外と努力家だったんだな。武術のことはよく知らないが、才能だけでここまでの域には到達できないだろ」

俺は剣を手放した右手を見つめて、ポツリとつぶやく。

ゼノンの右手には血豆がいくつもできており、毎日のように鍛錬を積んできたことがはっきりとわかる。

優れているのは剣術だけではない。魔法だって相当な練習をしてきたはずだ。

「ダークブレット」

俺は少し離れた場所にある訓練用の的に向けて魔法を放つ。ビー玉サイズの黒い弾丸が的に突き刺さって貫通する。

ゼノンは【闇魔法】のスキルを持っている。闇魔法は光魔法と並んで扱いが高度な魔法であり、それを使いこなすことができるゼノン・バスカヴィルという男は、剣だけではなく魔法にもひたむきに打ち込んできたに違いない。

そんな努力家の男が、どうして他人の女を寝取ることに喜びを見出すような歪んだ性格となってしまったのだろうか。考えれば考えるほど疑問は尽きない。

「どうしてゼノンになってしまったのかは知らないが……この身体で生きてくしかないんだ。ゼノンのことをもっと知らなければ」

ゲームの世界に転生してからまだ一時間ほどしか経っていないが、俺は不思議とゼノン・バスカヴィルとして生きていくことへの抵抗がなくなっている。

運動をしたことで身体と心が一体になったのか。それとも、時間が経過したことで状況を諦観してきたのか。悪役キャラとして第二の人生を歩むことを、前向きに検討する余裕ができていた。

そもそも、俺がゼノン・バスカヴィルという男を蛇蝎のごとく嫌っていたのは、『ダンブレ2』においてゼノンがヒロインをことごとく寝取ったからである。

落ち着いて考えてみれば、現在の時間軸は学園の入学式が始まる前。ゲームでいうところの、一作目のオープニング前にあたる。まだゼノンはヒロインを寝取っていないのだから、そもそも毛嫌いをする理由がない。

それに俺がゼノンに乗り移ったのであれば、『2』で起こった鬱展開を回避することだって可能である。

それどころか、レオン・ブレイブに協力して魔王を倒すことも、危険なシナリオを回避して穏やかな学園生活を送ることだってできるかもしれない。

「ゼノン様、お水をお持ちいたしました」

今後の方針について考えていると、先ほどのメイドが桶に入った水を持ってきた。桶の中には布が水に浸されていて、どうやらそれで汗を拭けということらしい。

「ああ、すまない。助かった」

俺は好意に甘えて、布を手に取って顔を拭く。井戸から汲んだばかりなのか、水は程よく冷えていて気持ちが良い。

顔、両腕、胴体と順繰りに拭いていき、汗で汚れた布をもう一度水に浸そうとして……メイドが目を見開いて固まっていることに気がついた。

「……どうした、何で石になっている？」

「そんな……ゼノン様が、私にお礼を言うなんて……！」

「ああ……なるほど。そういうことかよ」

どうやらゼノンは使用人にお礼の一つも言えないような高慢な性格だったようである。そこはゲームと変わらず、何故か安心した気持ちになってしまう。

桶を置いた姿勢のまま固まっているメイドであったが、彼女の名前は『レヴィエナ』というらしい。鍛錬場に案内する途中で他の使用人からそう呼ばれていた。

俺はふっと短く息をついて、呆然としているレヴィエナに正面から目を合わせる。

「レヴィエナ、お前の献身にはいつも助かっている」

「へ……？」

「照れ臭くてこれまで礼を言えなかったが……お前には本当に感謝しているんだ。これからも俺のことを支えてくれると嬉しい」

それは悪の権化であるゼノン・バスカヴィルとしては有り得ないセリフである。

だが、俺はゼノンのような悪党ではないのだ。ゼノンらしく振る舞おうとしても、いつかはボロが出てしまうに違いない。

ならば、早い段階で心を入れ替えたように振る舞って味方を増やしておいた方がいい。そう考えて、俺は心からの感謝を告げたのである。

「ゼノン様が……坊ちゃまが、この私めにお礼を……！」

その反応は顕著に現れた。

レヴィエナは玉のように両目を見開いて、そこからポロポロと涙の粒を落としたのである。

震える手から桶が落ちて地面に水がこぼれてしまうが、それにも気がつかない様子で激しく肩を震わせていた。

「ああ！　今日は人生最良の日でございます……！　何という喜び、何という幸福でしょう……ようやく私は報われた！」

「お、大袈裟だな……いや、礼を言わなかった俺が悪いからいいんだ。これからもよろしく頼むぞ」

「はい、はいっ……！　もちろんでございます！　坊ちゃま、私の坊ちゃま……！」

あまりにも大それた喜びように、感謝を告げたはずの俺の方が引いてしまう。

そんな俺にずずいっと詰め寄って、レヴィエナは拝むように両手を合わせながら頬を薔薇色に染めてくる。

接近してくる美女の顔に赤面してしまい、俺は慌てて顔を背けるのであった。

○　○　○

鍛錬場での一件でレヴィエナを味方につけた俺は、制服に着替えて朝食を摂ってから家を出た。屋敷の敷地から一歩外に出ると、すでに馬車が待機している。

馬車の横には『毒蛇の尾を持つ魔犬』の紋章が付けられていた。魔犬ケルベロスをモチーフにしたその紋章はバスカヴィル家の家紋である。

「いってらっしゃいませー！　坊ちゃまー！」

「う……」

馬車に入るや、屋敷の門扉でレヴィエナが大声で手を振っている。その右手では白いハンカチが旗のように振られていた。

たかが入学式に行くぐらいで大袈裟すぎる見送りである。初めて会った時には鉄仮面のように表情が硬かったが、ちょっと優しい言葉をかけただけで見違えたように明るく変貌してしまった。

「……チョロすぎるだろ。DV男に捕まって人生を棒に振るタイプだな」

夫や恋人からの家庭内暴力の被害に遭った女性は、暴力男からたまに優しい言葉をかけられることで『この人は自分を殴ったりしているけれど、本当は優しい人なんだ』と騙され、暴力を許容してしまうらしい。

『ゼノン・バスカヴィル』から日常的に暴力を振るわれ、俺に優しくされてあっさりと心を開いたレヴィエナは、まさしくその典型である。

「責任取って俺が面倒見てやらないとな……下手に外に放り出したら、悪い男に騙されて売り飛ばされちまいそうだ」

俺は秘かに決意を固めて、馬車の窓から控えめに手を振り返しておいた。

他にも見送りに出ているメイドや執事がいたのだが、彼らは揃ってレヴィエナの変貌に面食らっているようだった。それどころか、通行人までも何事かと集まってきている。

「出発しろ。早く！」

「は、はい！」

声を張って命じると、怒鳴られたわけでもないのに御者が慌てて馬車を走らせる。

「坊ちゃまー！　どうかお気をつけてー！」

「…………」

「坊ちゃまあああああ！　どうか怪我などせず、無事にお帰りをおおおおおっ！」

「……もう勘弁しろよ。戦場に旅立っていく恋人でも見送ってるのか？」

叫ぶような声援もやがて遠ざかって聞こえなくなる。俺は安堵の息をついて馬車の背もたれに体重を預けた。

「さて……ようやくゆっくり考えられるな」

馬車の中には俺一人。馬を操っている御者はいるが、御者台にいるため気にはならない。

早急に考えるべき議題は、どの程度までゲームのシナリオをなぞっていくかだ。

今日の入学式から『ダンブレ』のストーリーが始まり、主人公であるレオン・ブレイブは二年の月日をかけてヒロインと共に成長して魔王を封印することになる。

俺はクラスメイトとしてレオンやヒロインと学園生活を送るわけだが、どの範囲までメインシナリオに関わるべきだろうか？

大前提としてヒロインを寝取ることはしない。当たり前だ。

俺は他人の彼女を略奪して喜ぶ趣味はない。それどころか、普通に純愛が好みの正統派の恋愛観を持っている。『ダンブレ2』のような鬱展開には決して持っていかない。これは決定事項である。

ＮＴＲ展開を避けるのは性癖や倫理だけの問題ではない。ストーリーをなぞって俺がヒロインを奪った場合、もれなく世界が滅びることになってしまうのだ。

「勇者が魔王を封印する。ゼノンがヒロインを奪う。そして……絶望した勇者は魔王を蘇らせる……」

あえて声に出して、『2』のエンディング場面を反復した。

ゼノンはヒロイン全員をレオンから寝取り、最後に彼女達を抱く姿をレオンに見せつけるのだ。全てを奪われたことを悟ったレオンは絶望して、その果てに自らが封印した魔王を復活させてしまう。

世界は魔王によって滅ぼされる。ヒロイン全員を寝取った勝利者であるはずのゼノンも、魔王が放った大規模魔法によって王都もろとも消し飛ばされてしまうのだ。

これは絶対に避けなければならないバッドエンディングである。

この未来を避けるためにも、俺はゼノン・バスカヴィルの代名詞である『NTR』を捨てなければいけない。

「……となると、そもそもレオンやヒロインには関わらない方がいい。シナリオは無視して、レオンが魔王を倒してくれるのを待っていれば世界は救われる」

そう考えると、問題は思ったよりも簡単なのかもしれない。

自分が何もしなくてもレオンが勝手に魔王を倒して世界を救ってくれるのだ。俺は必要以上に動かなくてもいい。

勇者ともヒロインとも関わらず、暢気に学園生活を謳歌していればよいだけではないか。

「何もしなくていいとは楽な仕事だ。願ったり叶ったりじゃないか」

俺は会心の笑みと共に膝を叩く。

ゲームの世界に転生したことで俺も世界のために何かをしなければいけないかと思っていたが、ゼノン・バスカヴィルは世界救済に必要のない人間なのだ。

自分のことだけを考えて、自由に生きていけばそれでいい。友達を作り、恋人を作り。楽しい学園生活を送ればいい。

「難しく考えすぎていたのかもしれないな……主人公じゃあるまいし、世界を背負う必要はないか」

俺が苦笑を漏らすと同時に馬車が止まった。どうやら目的地に到着したようである。御者が開いた扉から、軽い足取りで地面に降り立った。

「おお……！」

目の前に巨大な建築物がある。

上級貴族であるバスカヴィル家の屋敷よりも何倍も大きな建物。背後に伸びた時計塔は、ロンドンが誇るビッグ・ベンのごとく優雅に堂々と天へ伸びている。

スレイヤーズ王国・王立剣魔学園。

俺が前世でこよなく愛したゲーム『ダンジョン・ブレイブソウル』の舞台となる学校が、目の前のそびえ立っていたのである。

馬車から降りて、学園の門をくぐる。

門の両脇には鎧を着た警備員が待機しているようだったが、事前に支給された制服を着ているため止められることなく素通りすることができた。

学園の敷地に入ると、正面に入学を祝うメッセージと共に入学式会場への道順を描いた看板が立てられている。

「くっ……緊張するな。俺ともあろう者が情けない……！」

門から校舎までの道程を歩きながら、湧き上がってくる興奮に胸を手で押さえる。

続編によって絶望させられてしまったものの、俺にとって『ダンブレ』は何度となくプレイしたゲームだ。その舞台となった学園の敷地を歩いていることに、俺は心中で激しい感動を覚えていた。

まるで聖地巡礼をしているような気分である。胸の高鳴りを抑えきれず、表情が緩まないように必死に顔面の筋肉を引き締めた。

「ヒイッ⁉」

――と、そんな俺の顔を見て近くにいた女子生徒が短い悲鳴を上げる。

いや、そんな人食い虎に遭遇したような表情をしなくてもいいだろう。いくら悪人面をしているとはいえ、何もしてないのに怯えられるのは傷つくぞ。

「……オーケー。冷静になった。へこんだおかげでテンション下がったぜ」

見ず知らずの女子生徒が怯えを露わにしてくれたおかげで、爆上がりしていたテンションが程よい具合にクールダウンされた。何度か深呼吸を繰り返して心を落ち着けて、これからの予定を頭に並べる。

これから講堂で入学式があるはずだ。その後はクラス別に分かれてオリエンテーションが行われる。

学校でのイベントはこれで終わりだが……その後はクラス委員になった女子の誘いでクラスの親睦会があった。そこで初めて、主人公であるレオン・ブレイブは物語に深く関係することになるヒロイン達と接触するのだ。

「伝説の親睦会イベントか……ふふっ、ククク……！」

「「「きゃあっ!?」」」

くつくつと思わず笑いをこぼしてしまうと、近くにいた女子の一団が声を揃えて悲鳴を上げる。制服のブレザーを着た三人組の女子生徒らが、身体を寄せ合ってブルブルと肩を震わせていた。

「…………」

いやいやいや、そこまで怖がらなくてもいいだろうが！

お前らは人喰い虎がいる檻にでも放り込まれたのか!?　これから取って食われるような顔をしてんじゃねえよ！

「む……？」

そんな理不尽を感じながらふと横を見ると、校舎のガラス窓に俺の顔が映っていた。ガラスに反射して映し出されているのは、どう考えても悪巧みをしているようにしか見えない悪人面である。目は吊り上がり、唇の間からは鋭い犬歯が覗いている。まるで捕らえた捕虜をどう料理してやろうか考えているような凶相に、俺の方が悲鳴を上げそうになってしまった。

「…………うん、彼女らは悪くないな。全部、俺が悪かったよ」

これから人前では笑わないようにしよう。

俺は固く心に誓いながら、案内板に従って講堂に向けて歩いて行った。

周囲を歩く生徒に避けられながらも、俺は講堂へとたどり着いた。

席順は決まっていない。早い者勝ちで好きな席を選べるようである。俺は中央よりもやや後ろの椅子に腰かけた。

すでに講堂の席は半分が埋まっている。新入生らはこれから始まる学園生活に思いを馳せて、周囲の生徒と和気藹々と盛り上がっている。

俺も周囲の生徒と世間話でもしてみようか。

そう考えて周りを見回すが……隣接する椅子には誰も座っていなかった。不思議なことに、先ほど腰かけていた者までどこかに行ってしまった。

「…………いきなりボッチかよ。別に寂しくなんてないけどな」

不思議と熱くなってきた目頭を押さえてポツリとつぶやく。

どうせ俺は悪役キャラ。悪人面で鬼畜寝取り野郎のゼノン・バスカヴィルだ。独りきりになったって寂しくなんてない。

やがて入学式が始まる時間になり、講堂の席はほとんど埋まってしまった。

ただし……俺の周りだけは四角形に綺麗に空いていたのだが。

「…………ふん」

俺は軽く鼻を鳴らしながら腕と足を組んだ。どうせ周囲に人はいないのだ。気を遣う必要なんてない。

入学式は学園長の挨拶、祝辞に始まり、滞りなく進んでいく。ゲームでは五分ほどの短いイベントだったが、現実ではもちろんそんな短くはない。教員の紹介やら来賓の挨拶やらで一時間以上も続いていく。

「それでは、入学試験の成績優秀者を発表します」

「む……」

白髪頭の教師の言葉に、俺はピクリと眉を動かした。

これはゲームでもあったイベントだ。入学試験の成績上位五名が順番に呼ばれて、席から立ち上がるのだ。

そして――これはメインヒロイン達のお披露目の場面でもある。

「入学試験、第五位。シエル・ウラヌス」

「はい！」

立ち上がったのは赤髪ショートカットの少女だ。短く折った制服のスカートからは健康的な長い脚がスラリと伸びている。いかにも元気娘といった顔立ちの彼女は、メインヒロインの一人である。

シエル・ウラヌスはスレイヤーズ王国の辺境に領地を持つ地方貴族の娘で、主人公のレオンとは幼馴染という間柄だ。

好奇心旺盛な彼女は幼い頃から屋敷を抜け出して領地の村々で遊んでいた。そこで知り合って仲良くなった友人がレオンであり、レオンに魔法学園に入学するよう勧めたのもシエルである。

初期ジョブは『魔術師《ソーサラー》』。攻撃魔法を得意とする後衛職だ。

「第四位。ナギサ・セイカイ」

「はっ！」

次に立ち上がったのは黒髪ポニーテールの少女である。背筋をピンと伸ばした凛々しい立ち姿。意志の強そうなキリッとした顔立ちは男子よりも女子から人気がありそうだ。彼女もまたメインヒロインの一人。

ナギサ・セイカイは遠い東の国からやってきた留学生だ。彼女の母国は日本とよく似た文化を持つ国で、剣術道場の娘として育った『サムライ娘』である。

初期ジョブは『剣士《ソードマン》』。武器は主にカタナを使っており、速さだけならレオン以上のスピードファイターだ。

ナギサは複雑な事情を抱いてこの国に留学してきており、心に深い闇を抱えていたりする。その闇を晴らすことができるか……それが彼女を攻略するポイントになっていた。

「第三位。エアリス・セントレア」

「はい」

楚々として立ち上がったのは最後のメインヒロイン。金細工のように輝く髪を背中に流した、いかにも貴族のご令嬢と言わんばかりの少女である。

ただ名前を呼ばれて立つだけの仕草からも育ちの良さが窺えており、周囲の生徒も息を呑んでその姿に見入っていた。

エアリス・セントレアもまたシエルと同じく貴族令嬢であったが、シエルが地方貴族の出身であるのに対して、エアリスは中央貴族の生まれである。父親は宮廷において『枢機卿』という教会を管理する役職についており、初期ジョブは『僧侶《クレリック》』だった。

整った顔立ちはもちろん、全登場人物で最大級の巨乳、豊満なスタイルにはまるで隙がなく、全身が余すところなく周囲の人間を魅了する完璧な美少女であった。

『ダンブレ』には大勢の女性キャラが存在するが、この三人は特にシナリオと深く関わってくるメインヒロインだ。

主人公レオン・ブレイブと共に魔王を打ち倒し……そして、悪役ゼノン・バスカヴィルによって心と身体を堕とされることになる、哀れな被害者でもあった。

「もっとも……そんな未来はもうあり得ないけどな」

俺がゼノンとなったからには、ＮＴＲ展開など許さない。

鬱展開は全て回避してシナリオを改善し、ゲームでは見ることができなかった本当のハッピーエンドを創り出してやる。


「第二位。学年次席ゼノン・バスカヴィル」


「ん……？」

物思いにふけっていた俺は、自分の名前を呼ばれて目を白黒とさせることになる。

名前を呼ばれたら立ち上がる……そんな単純な作業すらも忘れてしまい、両腕両脚を組んだままの偉そうな姿勢で座り続けてしまった。

「うげっ……」

自分がやってしまったことに気がつくのに数秒がかかった。

気がついた時にはすでに時遅し。いっこうに立ち上がらない『ゼノン・バスカヴィル』に、生徒達からざわめきの声が上がってくる。

最初は誰が『ゼノン・バスカヴィル』かわからない様子の新入生であったが、どうやら彼らの中に俺の顔を知っている人間がいたらしい。彼らの視線を追って、すぐに俺のもとへと視線が集まっていく。

おまけにあつらえたように周りの席が空いており、格好の視線の的となっている。ざわめきは大きくなる一方だった。

「バスカヴィルって……あの凶悪貴族？」

「先代国王を暗殺したって噂の……」

「犯罪ギルドの……そうそう……」

「隣国と内通しているって聞いたけど……」

新入生の間からはヒソヒソと不穏な言葉まで上がっている。覚えのない悪評までささやかれており、俺を見つめる視線には恐怖と嫌悪が入り混じっていた。

まずい。入学早々に悪目立ちをしてしまった。俺は顔を引きつらせながら、焦って立ち上がろうとする。

しかし、それよりも先に司会進行をしていた教師が溜息をついた。

「やれやれ……本当に仕方がありませんね」

初老の教師はモノクルをかけた目でこちらを睨みつける。

「ゼノン・バスカヴィル君。貴方が入学試験の結果に……学年次席という立場に不満を抱いている気持ちはよくわかりました。上級貴族の後継ぎとして、あくまでも頂点を目指す姿勢は評価に値します。ですが……ここは王立剣魔学園。実力主義のこの学園では、貴族も平民も公平です。生まれによって特別扱いをすることはありません。いかに侯爵家の人間とはいえ、学内で無礼な態度は慎みなさい」

「…………」

いや、全然違います。立ち上がるタイミングを逃しただけです。

俺はそもそも入学試験なんて受けてはいない。受けてない試験の結果に満足も不満もあるわけがないだろう。反抗的な態度をとるつもりなんて少しもないのだ。

「むう……」

さて、どうしたものか。

ここで先生の指示に従ってすごすご立ち上がってもいいのだが、それはあまりにも情けなくないだろうか？

別に格好をつけたいわけではないが、ここであっさりと屈して恥を掻くようなことがあれば、今後の学園生活でイジメとかに遭うかもしれない。さすがにそれは避けたいところである。

とりあえず、座ったまま謝って反応を見てみようか？

「……これは失礼をいたしました。ご忠告、肝に命じましょう」

と、俺は椅子に腰かけたまま軽く頭を下げた。

「…………」

「…………」

「…………」

……何でこんなに静まり返っているのだろう。

たしかに生意気な口調だったかもしれないが、一応、謝罪はしたはずなのだが。

あっちのメンツも保たれたはずだし、俺のことは流してさっさと先に進んで欲しいのだが。

「……そうですか。あくまでも反抗的な態度を改めるつもりはないということですか」

「は……？」

初老の教師が苦虫を噛み潰したような表情でつぶやく。

いやいやいや！　別に逆らっているわけではなくて、ちゃんと謝罪をしたはずだ。文脈をもう一度確認してくれ！

しかし、この悪人面のせいなのか。それともふてぶてしい態度がオーラとして放たれてしまっているのか。どうやら教師はもちろん、周囲の生徒も、俺が教師に反発した態度をとっていると受け取っていた。

顔はともかくとして、本当に悪かったと思っているのに何でこうなってしまうのだ。

困惑する俺をよそに、教師は「ほう」と重い溜息をついた。

「いいでしょう。今日はめでたい席ですから、これ以上の追及はやめにしましょう。今後も態度の改善が見られないようでしたら、どうなるかわかりませんよ」

「………」

「では、成績優秀者の発表を続けます」

俺が何をしたというのだ。

うっかり立つのが遅れたことがそんなに罪だというのか。

そもそも、『ゼノン・バスカヴィル』という名前をまだ呼ばれ慣れていないのだ。咄嗟に反応できなくてもしょうがないじゃないか。

俺がそんな理不尽に打ちのめされていると、最後の成績優秀者——学年首席の名前が読み上げられる。

「入学試験第一位。学年首席、レオン・ブレイブ！」

「はい！」

先ほどまでの剣呑な雰囲気を吹き飛ばすような明るい返事と共に、一人の男子生徒が立ち上がった。

柔らかそうな金色の髪を揺らして立ち上がった少年。彼こそが『ダンブレ』の主人公にして勇者の子孫——レオン・ブレイブその人である。

レオン・ブレイブ。

勇者の子孫として生まれ、魔王を封印する力を持った唯一無二の主人公。

貴族ではなく平民として生まれたものの、学年首席という優秀な成績を持ち、いずれ多くのヒロインに愛されることになる金髪の美少年。

その初期ジョブは『魔法剣士《ルーンナイト》』。近接戦闘と魔法の両方を使いこなすことができる選ばれた職業。数百万人に一人しかいないという設定で、ゲーム上にも二人しか登場しなかったジョブである。

「おお……！」

椅子から立ち上がったレオン・ブレイブの姿に、俺は思わず感嘆の声を漏らす。

何度となくプレイしたゲームの主人公がまさに目の前に立っていた。それはまるで街でハリウッドスターに遭遇したような感動である。

しかし、歓喜に打ち震える俺をよそに、レオンは一瞬だけこちらを振り返って「キッ！」と強い眼差しで睨みつけてきた。

「む……？」

ひょっとして俺を睨んだのだろうか。まだヒロインを寝取ってないし、恨まれる覚えは全くないのだが。

そういえば、レオンは非常に正義感が強い性格で曲がったことが大嫌いだった。先ほど俺が意図せずとってしまった、場の空気を乱す反抗的な態度が気に入らなかったのだろうか。

「それではブレイブ君。新入生代表として、挨拶をお願いします」

「はい！」

レオンはすぐに前方に視線を戻すと、迷いのない足取りで壇上に上っていく。

そして、居並ぶ新入生を見回して口を開く。

「この栄えある王立剣魔学園、その新入生代表として本日この場に立つことができたことを、心から名誉に思います」

レオンの口調にはよどみがない。

おそらく、事前に代表として挨拶をすることを聞いていて、スピーチの内容を考えていたのだろう。

ゲーム中ではこのあたりの描写はカットされていた。俺はレオンが何を話すつもりなのか、しっかりと耳を傾ける。

「僕は田舎生まれの平民で、本来はこの場に立てるような人間ではありません。僕がここに立っているのは、勉強を見てくれた友人、後見人となってくれたウラヌス伯爵のおかげです。まずは、これまでお世話になった方々と両親、そして、これからお世話になる教職員の方々、先輩方にお礼と挨拶を申し上げます」

なかなか殊勝な言葉である。こういう場でのスピーチがどのようなものかわからないが……おそらくレオンのスピーチは無難なものなのだろう。目立っておかしなところはない。

ゲームの主人公だから『勇者王に俺はなる！』とか突飛なことを言い出すんじゃないかと期待したのだが、拍子抜けである。

しかし、次にレオンが放った言葉に度肝を抜かれることになってしまう。

「僕がこの学園に入ったのは、強くなってこの国を守るためです！　スレイヤーズ王国は戦争もない平和な国ですが、決して憎むべき『悪』がないわけではありません！　僕はこの学園で強くなって、人々を苦しめる『悪』と戦っていくつもりです！　そう……例えば、それが同じ学園に通っている同級生であったとしても！」

「…………は？」

ありふれたスピーチから急展開。とんでもない宣言がその口から飛び出した。おまけに、壇上に立ったレオンの眼差しは完全に俺をロックオンしている。

その意志の強い眼光につられるようにして、講堂にいる全ての人間の視線が俺に集まっていく。

「おいおい……マジか」

いや、何で俺がさらし者になっているのだろう。

いくら稀代の悪役キャラとはいえ、まだ悪いことは何もしてないはずなのだが。

俺は表情が引きつらないように顔面を引き締めながら、必死に事態の把握に努める。

どうしてレオンはあんな宣言をしたのだろう。ひょっとしたら、レオンもまた俺と同じ転生者なのだろうか。

その可能性はゼロではないが……どうも噛み合わないというか、違和感がある。

もしもレオンがゲーム知識を持った転生者であったならば、ゼノン・バスカヴィルは魔王と並んで警戒すべき相手だ。その相手をいたずらに警戒させるような言動は避けるはず。

まさか……すでにゲームのシナリオに変化が生じているのか。

俺はまだこの世界に転生したばかり。俺の行動の結果として改変が生じたわけではないはずなのだが。

「………もしかして」

俺は一つの可能性に思い至る。

『ダンブレ2』は女性関係のトラブルによってスタッフが絶望し暴走したことで生まれた負の産物である。そのため、一作目とはまるで違った内容になっている。

例えば、『ゼノン・バスカヴィル』は『1』において学年次席として名前しか登場しないキャラクターである。学年二位の成績優秀者でありながら、モブどころかイラストすらもない背景の扱いを受けており、主人公やヒロインと会話をする場面すらなかった。

それが続編で突如として脚光を浴びせられ、悪役主人公に祭り上げられてしまった。

おそらく――いや、確実に、それはスタッフが当初に立てていた計画や設定とは異なるものだったはず。当初の設定では『ゼノン・バスカヴィル』は悪役でもなんでもなく、バスカヴィル家が悪の家系であるという設定も後付けされたものに違いない。

本来の設定である『1』と、後付け設定された『2』を強引につなぎ合わせた結果、『1』の世界観にまで改変が生じてしまったのではないだろうか。

「…………」

俺は奥歯を噛みしめながら渋面になる。

もしも俺の推測が正しいのであれば、頼りにしていたゲームの知識がどこまでアテになるのかわからない。

考えてもみれば、同じ『ダンブレ』でもPC版とテレビゲーム版では微妙に異なっているし、修正パッチや有料追加シナリオによってもストーリーが微妙に異なるのだ。

仮に俺がゲームのイベントに関わらないようにしても、予定通りにストーリーが進んでレオンが魔王を倒してハッピーエンドを迎える保証なんてない。

たとえゼノンがヒロインを寝取らずとも、勇者が魔王に敗れて世界が滅びる可能性だってあるのではないか。

「あー……ブレイブ君。同じ学校の生徒に対抗心を持って努力するのはとても良いことです。しかし、あまりやりすぎないようにしなさい」

司会進行の教師がやんわりとレオンを窘めて、席に戻るように促した。

スピーチというか演説を終えたレオンは、最後にもう一度こちらを睨みつけてから椅子に戻った。

「それでは続きまして、これから三年間、皆さんを指導する教員の紹介を……」

そこから滞りなく入学式が進められていったが、俺はその内容がまるで耳に入らなかった。

暗い未来予想図。ゲームのシナリオがアテにならなくなっている可能性に気がつき、これからどうすれば良いのかひたすらに考え続ける。

結局、式典が終わっても明確な答えは出ることはなかった。

暗雲立ち込める入学式は、鬱屈とした暗い感情と共に幕を下ろしたのである。

第二章　諸悪の根源

入学式を終えた新入生は教室へと案内されて、オリエンテーションを受けることになった。

新入生は入学試験の成績ごとにA～Eまでのクラスに割り振られている。学年次席である俺が入れられたのは当然ながらAクラス。レオンやヒロイン達と同じクラスである。

オリエンテーションの内容は学園の設備や、授業のカリキュラム、一年のスケジュールについての説明であった。

俺はクラスの一番後ろの席に陣取って、鬱屈した眼差しを黒板の前に立つ女性教師に向ける。

結局、入学式が終わるまで考えても、今後の展望について良い案は浮かばなかった。

シナリオが変わっている以上、必ずしもゲーム知識が役に立つとは限らない。俺は生き残るために最大限の努力をしなければいけない。

だからと言って、下手な行動をとってしまえば勇者であるレオンの行動を阻害してしまい、魔王討伐を邪魔してしまう恐れがある。

俺はレオンを妨害しないように立ち回りながら、自分が生き残って平穏な学園生活を送れるように努力する必要があった。

もっとも確実なのは、レオンと仲良くなって魔王討伐を援護することである。ゼノン・バスカヴィルは主人公や魔王を除けば最強のキャラクター。

勇者パーティーに加われば鬼に金棒なのだが……。

「……まあ、それは無理っぽいな」

少し離れた席にチラリと目を向けると、烈火のような敵意の視線が返ってきた。

そこにはレオンが座っており、視線が合うたびに親の仇を見るように目を吊り上げてくるのだ。

「理不尽な……俺が何をしたというのだ」

俺は何度目になるかわからない溜息をついて、目線を前方へと戻した。

レオンは明らかに俺のことを敵視しており、和解して仲間になることなど不可能だろう。協力して魔王を倒すという選択肢は消えてしまう。


「はい、それではこれでオリエンテーションは終了です。何か質問はありますか？」

Ａクラスの担任となった女性教師が話を終えて、銀縁メガネをクイッと指先で上げた。

スーツを着た女性教師はいかにも真面目そうな顔つきをしているが、『ダンブレ２』ではゼノンによってレイプされたあげく、首輪をつけられて犬のように街中を歩かされるという哀れな末路をたどるサブヒロインである。

ファンの間で「ワンコ先生」などと称される女性教師は、調教前は普通に真面目そうな女性教師でしかないが……あったかもしれない未来を思うと、彼女を直視することはできそうもなかった。

「特に質問がないようでしたら、今日はこれで下校になります。クラブ活動の見学をしていく方は、あまり遅くならないように気をつけてください。では、さようなら」

ワンコ先生の挨拶により、学園生活初日が終了となった。

クラスメイトが華やいだ声で、新しくできた学友とクラブの見学や親睦会の打ち合わせを始める。レオンも椅子から立ち上がって、幼馴染みヒロインのシエルと会話を始める。

「…………ふん」

もちろん、俺に声をかけてくるクラスメイトはいない。ボッチ万歳、一匹狼上等である。

本当はこの後で親睦会イベントがあるのだが、この様子では俺が誘われることはないだろう。一人で教室に取り残される孤独を味わうくらいなら、さっさと帰ってしまった方がいい。

俺はカバンを掴んで立ち上がった。

校門まで戻った俺は、待機していたバスカヴィル家の馬車に乗って家路につく。

学園生活が始まってすぐに孤立してしまったようだが、これぱっかりは仕方がない。

人間の好き嫌いの大部分は、出会って数秒の第一印象で決まってしまうという話を聞いたことがある。俺の場合、まず顔がいかにもな悪人面。おまけに、王国中に知れ渡った悪逆侯爵家の人間だ。第一印象が良いわけがない。

外見や家柄で相手を判断しない相手であれば親しくなれるかもしれないが……そういう人間が驚くほど少ないことは、日本もゲームの世界も同じだろう。

こちらから歩み寄ってみようかとも思ったが、俺の場合、近づいただけで相手が委縮してしまう。いったい、どうしろと言うのだろうか。

「……まあいいさ。そんなことよりも、さっさと家に帰ってこれからの計画を立てるとしようか」

俺は言い訳するようにつぶやいて、馬車の背もたれに体重を預けた。

十分ほど馬車に揺られていると、どうやら屋敷についたようで馬車が停止する。御者が扉を外から開けてくれた。

「お帰りなさいませ、ゼノン坊ちゃま！」

「うおっ!?」

馬車から降りるや、メイド服の女性が駆け寄ってきた。ゼノンの専属メイドであるレヴィエナである。

屋敷から出てきたにしても早すぎる。まさかとは思うが、門の前で待ってたというのだろうか。

「おいおい、いつからそこにいたんだ？　いくら春先だからといって、今日は風だって強いし……」

「いえ、そんなことよりも……旦那様がお待ちになっています！　至急、執務室まで来るようにと……！」

「旦那様……？」

それが誰をさす言葉なのか察するのに数秒かかった。この屋敷でそう呼ばれる人間は一人しかいない。

「バスカヴィル家の当主……ガロンドルフ・バスカヴィルか」

俺は不快なその名前をつぶやく。

その男はゼノンの父親であり、スレイヤーズ王国の夜を支配している悪の首魁の名前である。

ゲームでも登場した悪役。『ゼノン・バスカヴィル』が悪の道に陥る原因となった男のことを思い出し、俺はこれでもかと苦い顔になった。

ゼノンの父親、ガロンドルフ・バスカヴィルもまた『2』に出てくるキャラクターである。

ゼノンとの会話シーンがいくつかあるだけで登場するのは数えるほどだった。

ただし、その悪名はこの国に暮らしている人間であれば、貴族から庶民まで誰もが知るものである。

裏社会を束ねる首領。犯罪ギルドを支配下に置く管理者。千人近くのギャングを手下に持つ首領。罪もない人間を攫って奴隷として売りさばく金の亡者。数多の暗殺者を子飼いにして、気に入らない者は全て闇に葬る殺戮者。

ゲームに出てきた情報だけでも、ガロンドルフが不世出の悪党であることがはっきりとわかる。できることならば顔を合わせたくない人間の筆頭だった。

だが……どれほど関わり合いになりたくない人間であっても、ゼノンにとっては父親である。

無視することなどできるわけがなかった。

「やれやれ……仕方がないな」

俺は言われた通りにガロンドルフの執務室まで行き、部屋の扉をノックした。

「入れ」

中から短い応答がある。深く、渋みのある声音だった。俺は深呼吸を一つしてからドアノブをひねる。

「失礼します。父上……」

「ブラッディチェーン」

「があっ……!?」

部屋に一歩入るや、足元から黒い鎖が伸びてきて全身を拘束する。

四肢を拘束する鎖から針を突き刺したような強い痛みが伝わってきて、たまらず床に倒れてしまう。

「久しぶりだな。息子よ」

「ぐ、うううううううっ……が、あなた、は……！」

床に敷かれた絨毯に横たわったまま見上げると、黒のスーツを着た壮年の男が俺を見下ろしていた。

黒い髪をオールバックにして襟足を伸ばした男の顔には深い皺が彫り刻まれており、吊り上がった瞳は凍てつくように冷たい。目元には刀傷のような痕があり、男が尋常ではない修羅場を潜り抜けてきたことが空気で伝わってくる。

この男こそがガロンドルフ・バスカヴィル。

スレイヤーズ王国の夜を支配している、悪の首魁《ビッグファーザー》であった。

「ちち、うえ……なにを……！」

鎖からはなおも激しい痛みが伝わってきている。

この魔法は『ブラッディチェーン』。闇魔法の一つであり、相手を拘束して身動きをとれなくするものだ。この魔法の恐ろしいところは、相手の挙動を封じるだけではなく、時間経過による継続ダメージを与えることである。

戦闘中に使用すれば敵を動けなくした状態で、ターンごとにダメージを与えられる便利な魔法だったが……我が身で喰らってみるとまるで拷問のようだった。

「今日は学園の入学式だったらしいな。我が息子よ」

「ぐ、が、あ……！」

ガロンドルフが俺を見下ろして、静かな口調で言葉を紡ぐ。俺は痛みのあまりうめき声を漏らしながら、ぶ厚い絨毯を握り締めた。

「聞いたぞ。入学試験の成績は二位。学年次席だそうだな」

「う、あ……痛い……たすけ……」

「あんな小さな学園で、たかが２００人ぽっちの新入生の中で一番にもなれないとは……心の底から失望したぞ。それでも栄えあるバスカヴィル家の長男か！」

「がっ……！」

ガロンドルフが脚を振り上げて、俺の胴体を踏みつけた。痛烈な打撃に呼吸が詰まり、まともに息ができなくなってしまう。

「や、め……が、はっ……はっ……！」

「バスカヴィル家は、代々スレイヤーズ王国の夜を支配してきた強者の家系。その当主となるものは、最強でなければならない！　我が家の男子に敗北の二文字は許されぬ。貴様はバスカヴィル家の誇りに泥を塗ったのだ！　この痴れ者めが！」

「あ……が……お、ゆるしを……ゆるして……」

「フンッ！　フンッ！　フンッ！」

「あ、がアアアアアア……！」

部屋の中に何度も打撃音が鳴り響く。ガロンドルフは俺の身体を何度も何度も蹴りつける。背中を、腹部を、顔面を……やがて俺が悲鳴すらも上げられなくなると、ようやく気が済んだらしく虐待をやめた。

「う……………」

「この程度の打撃で身動きも取れなくなるとはな……つくづく、見下げ果てた息子よ。もはや興も削がれた。次の試験で首席の座を奪うことができなければ、こんなものでは済まされないと思え」

「……………」

「私はしばらく仕事で留守にする。家令の言いつけをよく聞き、鍛錬を怠らぬように」

言いたいことは全て言ったとばかりに、ガロンドルフはうずくまっている息子を放置して部屋から出ていく。

入れ替わりにメイドのレヴィエナが執務室に飛び込んできて、俺の身体に飛びついてくる。

「ゼノン坊ちゃま！　ああ、何とおいたわしい……！」

「うっ……！」

「坊ちゃま、坊ちゃま！　しっかりしてくださいませ！」

すでに拘束の魔法は解除されているが……父親の虐待によって受けたダメージが身体の芯まで根強く残っており、顔を上げることすらできなかった。

レヴィエナが俺の身体を起こして、ふくよかな胸の中に抱きしめる。

「ゼノン坊ちゃま……すぐに治療いたします。もう少しだけ我慢を……！」

レヴィエナが薬らしきビンを取り出して俺に飲ませる。薄れゆく意識の中で、それが回復効果のあるポーションであることに気がついた。

痛みに支配された身体に活力が満ちていくのを感じながら……俺は辛うじてつなぎとめていた意識を手放したのである。

○

○

○

それから、どれだけ時間が経ったのだろうか。

目を覚ますと、俺は自室のベッドの上に横たわっていた。

身体には毛布がかけられており、ベッドの横に置かれた椅子でレヴィエナがうつらうつらと居眠りをしている。

どうやら枕元で看病をしてくれていたようだ。疲れた様子で眠っている。

「……鬼畜寝取り野郎にはもったいない忠臣だよな。何でこんな良い娘がゼノンのようなクズに仕えているんだか」

黒い髪を掻き上げながらベッドから上半身を起こす。

窓の方に目を向けると、すでに外は真っ暗になっている。時計を確認すると、どうやらすでに深夜を回っているようだ。

レヴィエナが飲ませてくれたポーションのおかげで身体のダメージは消えている。

しかし、前世を含めても受けたことがないであろう虐待と拷問に、まるで身体の中心に杭が刺さっているような幻痛を感じた。

まさかゼノンの父親――ガロンドルフ・バスカヴィルが息子に対してあんなにも残虐で苛烈なことをする人間であるとは知らなかった。

ゲーム内でゼノンが好き勝手にやっていたので、てっきり息子を甘やかして奔放にさせているのだとばかり思っていたのだが。

「だが……これで理解できた。確信したよ。どうして、ゼノンがクズになってしまったのかを」

俺は服の胸元を掴んで、奥歯を噛みしめた。

もしもゲームの制作スタッフを除いて、ゼノンが道を誤らせる原因を作った人間がいるとすれば、あの男しかない。

「ガロンドルフ・バスカヴィル……！　お前のせいでゼノンは狂っちまったんだな！」

おそらく、ゼノンは日常的に父親からの虐待を受けていたのだろう。

それが積み重なった結果として精神の均衡を欠いてしまい、レオンを貶めてヒロインを寝取るという暴虐につながったのだ。

レオン・ブレイブは勇者の子孫という選ばれた血筋に生まれており、多くのヒロインに囲まれて愛情を向けられていた。学年首席として成績の上でもゼノンの上に立っている。

対して、ゼノンはバスカヴィル家という呪われた家に生まれたことで周囲からは忌み嫌われている。父親から愛情を与えられず、虐待まで受けているゼノンにとって、レオンは狂おしいほどに妬ましい相手であったに違いない。

おまけに……レオンは魔王を倒し、英雄として人々からもてはやされる立場になったのだ。

自分が持っていないもの、喉から手が出るほど求めている全てを所有しているレオンに激しい嫉妬と憎悪を抱いたに違いない。

その結果として、ゼノンはレオンのヒロインを寝取るという行動に出たのだ。

「決めたよ。この世界での当分の目標ができたな……魔王よりも先に倒さなくてはいけない人間がいるようだ」

俺は決然と頷く。

これまでは突如としてゲームの世界に転生したことに戸惑い、漠然と平穏な生活が送りたいとだけ考えていたが……確固たる目的が生まれた。

「ガロンドルフを、親父を倒す……！　俺がこの世界で平穏を手にするためには、あの男は存在してはならない不倶戴天の敵だ……！」

俺は強い決意を込めて、その言葉を口にする。

魔王を倒すとか。世界を救うとか。そんな大それた偉業を成し遂げるよりも、その目標は俺にとって重大なものであるように感じられた。

俺が前世でどうして命を落とし、ゲームの世界に転生することになったのかはわからない。思い出せない。

だが……生まれ変わった以上は、自由にこの世界を謳歌して生きてやる。

そのためになら、制作スタッフが定めたシナリオも、悪の総帥である父親だって否定してやろうじゃないか。

「ふあっ……ぼ、坊ちゃまあああああああああっ！」

「うぐおっ……レヴィエナ……!?」

第二の人生の目標を決めた俺であったが、どうやら独り言が大きすぎたようである。

それからすぐに目を覚ましたレヴィエナに抱き着かれて、その抱擁のあまりの強さに窒息してしまい、再び気を失うことになった。

気絶した俺を見てレヴィエナがますます恐慌に陥ったのは説明するまでもないことである。

○　　○　　○

父親にして、スレイヤーズ王国の悪の首魁であるガロンドルフ・バスカヴィルを倒すという目標を掲げた俺は、次の日からさっそく活動を始めた。

最初にやるべきことはゲーム知識の確認である。紙にこれから起こる予定のシナリオやイベント、重要なアイテムの入手方法などを書き連ねていく。念のために日本語で書いているため、万が一、屋敷の人間に見られても問題はない。

思い出せる限りのゲーム知識を書き上げると十数枚にもなってしまった。

「……よし、完成。こんなものだな」

次に考えるべきは今後の目標。俺がこの世界でどのように生きていくかである。

この身体はゼノン・バスカヴィルから意図せず奪ったものであったが、それでも俺の身体である。返すつもりはないし、返す方法もわからない。

ならば、ゼノン・バスカヴィルとして生涯をまっとうしてやろうじゃないか。それだけははっきりと決めていた。

「どんな形であれ、『ダンブレ』の世界に生まれ変わったんだ。自由気ままに生きていきたいよな」

そのために攻略しなければいけないのは、やはりあの父親である。

闇の支配者。悪の総帥であるあの男が存在している限り、ゼノンは決して自由になることはない。ガロンドルフ・バスカヴィルを倒さなければ、一生巨悪に支配されたままである。

家を捨てて他の国に亡命するという手もなくはないのだが、大勢のギャングや暗殺者を従えるガロンドルフから逃げられる保証はない。

また、その手段を取ってしまうと『ダンブレ』のシナリオから完全に外れてしまうことになり、レオンの行動がわからなくなってしまう。

「シナリオ通りに魔王が封印されればいいんだが……」

もしもレオンが魔王に負けてしまえば、世界が滅んでしまう。

そうなると、迂闊に他国に逃げることなどできない。いざという時にシナリオに干渉できる場所にいる必要がある。

「父親を倒すにせよ、魔王と戦うにせよ……どちらにしても、もっと強くならないといけないな」

バスカヴィル家は力を重んじる弱肉強食の家系である。

俺が親父を超える力を手に入れれば、使用人も配下も誰も文句は言わない。ガロンドルフの仇を討とうとはしないはず。

さて、強くなるためにどうすれば良いのかを考えると、まずはスキルを修得して育てることが思いつく。

『ダンブレ』はRPGにしては珍しく、レベルというシステムが存在しないゲームである。その代わりに修得したスキルに『熟練度』というものが存在しており、これを上げていくことで強く成長することができるのだ。

ゼノン・バスカヴィルが初期に修得している戦闘スキルは【剣術】と【闇魔法】の二つである。

戦闘スキル以外では【調教】という女性を篭絡するためのスキルも覚えているのだが……これは使う機会がないことを祈るばかりである。

「ステータス」

ゼノン・バスカヴィル
ジョブ：魔法剣士《ルーンナイト》

スキル
剣術　20
闇魔法　20
調教　20

つぶやくと、目の前に正方形の画面が表示された。

そこに表示されているのはゼノン・バスカヴィルの職業と所有スキルである。

ゲーム上のステータス画面とは異なり、『アイテム』や『設定』、『セーブ』、『ロード』などといったコマンドは消えていた。

「……ジョブはゲームと変わらず魔法剣士。レオンと同じ職業か」

意外なことに、主人公であるレオンと悪役であるゼノンのジョブは同じである。本編、続編の差はあれどどちらも主人公だから合わせていたのだろうか？

「戦闘スキルの熟練度は『20』。最大値は『100』だから、まだまだ十分に成長の余地があるな」

強くなるためにはスキルを修得し、熟練度を上げなくてはいけない。

特定のスキルを一定値まで上昇させれば、初期ジョブから強力な上位職に転職する道だって開かれる。

「それとアイテムも手に入れないといけないよな……」

ＲＰＧのお約束として、強い武器や防具を装備することで能力値を上げることができる。特定のアイテムを使用することで新しいスキルや魔法だって修得できる。

強い武器や防具、アクセサリーや、ダメージを軽減させる護符などなど。確保しておきたいアイテムは山ほどある。

アイテムを手に入れる方法は店で購入するか、ダンジョンに潜って自力で入手するか。イベントをこなして報酬として得る方法もある。

稀少なアイテムは通常の店ではなく、オークションに参加しなければ買うことができない。そのためには莫大な資金が必要になる。

ダンジョンはランダムでアイテムが出現するため、重要な固定アイテムを除いて運任せとなってしまう。ゲーム知識は役に立たない。

「イベントで手に入るアイテムはできるだけレオンに譲ってあげるべきか？　下手にアイテムをぶんどって、魔王に負けても困るし」

今さらシナリオを遵守するつもりはないが、だからといってレオンを邪魔するのは避けるべきだ。いくら俺がガロンドルフを倒したところで、魔王が世界を滅ぼしてしまえばゲームオーバーなのだから。

レオンとヒロインが絡むことになるイベントは可能な限り邪魔をしないように回避するべき。

寝取りイベントなどもってのほかである。

「入ってもよろしいでしょうか。ゼノン坊ちゃま」

――と、そんなことを考えていると部屋の扉が控えめにノックされた。聞き慣れた女性の声が扉の向こうから響いてくる。

「ああ、入れ」

「失礼します。朝のお食事をお持ちいたしました」

扉を開けて入室してきたのは、やはり専属メイドのレヴィエナであった。

レヴィエナは銀色のカートを押しており、そこには料理を盛った皿が載せられている。

「今日はお身体も辛いかと思って、こちらに運ばせていただきました。食欲はございますか？」

「身体は何ともないが……ちょうど腹が減っていたところだ。助かる」

「それはよかったです。どうぞ召し上がりくださいませ」

ニッコリと笑いながら、レヴィエナが部屋のテーブルに食事の用意を始めた。俺は今後の計画が記された紙を隠しつつ料理の皿へと目を向ける。

『ダンブレ』のゲームでは料理もまた回復・補助の効果があるアイテムとして扱われていた。

テーブルに並べられた食事のメニューはサンドイッチにコーンスープ、コーヒーである。サンドイッチとコーンスープはそれぞれ体力回復、コーヒーは状態異常を治癒する効力があったはず。

昨晩、ガロンドルフから受けたダメージは治癒しているが……その料理からはレヴィエナの気遣いと労わりが感じられた。

「美味そうだな。ありがとう」

「そんな……使用人として当然のことをしたまでです！　坊ちゃまからお礼を言っていただけるようなことは何も……」

「それでも……俺はお前に礼を言いたい。本当にありがとう」

「ううっ……」

重ねて感謝の意を告げると……レヴィエナが急に顔を押さえてうつむいた。

ポタリポタリと小さな音を立てて床に落ちたのは……赤い液体。血である。

「は……？」

「し、失礼しました！　お皿は後で回収に参ります……！」

一方的に言い残して、レヴィエナは顔を手で覆ったまま部屋から出ていってしまった。部屋の床には小さな血痕が残されている。

「まさかと思うが……アイツ、俺に礼を言われたくらいで興奮して鼻血を出したのか？」

怖い。非常に恐ろしい。

昨日の号泣もそうだったが……あのメイドはいったい、どれほどゼノンのことを溺愛しているのだろう。

「……ゼノンにはちゃんと味方がいた。トチ狂って、他人の女を寝取る必要なんてなかったんだよ」

ぼやきながら、俺はテーブルに並べられた料理に手をつけたのである。

○　○　○

食事を摂ってから、学園の制服に着替えて部屋から出る。

昨日はガロンドルフから虐待を受けてしまったが、そんなことはお構いなしに今日も学校があるのだ。

そのまま玄関へと向かおうとするが……前方に大きな影が立ちふさがる。

「おはようございます。ゼノン様」

「……ああ、ザイウスか」

廊下に待ち構えていたのは、執事服を着た初老の男性である。

彼の名前はザイウス・オーレン。バスカヴィル家に仕えている執事であり、家令として屋敷の管理を任されている人物である。

ロマンスグレーのオールバックに、カイゼル髭。左目につけられた片眼鏡。背筋を伸ばした姿勢は使用人としては理想的なものであり、いかにも出来る執事といった風体である。

しかし、アンバランスなことに首から下はプロレスラーのように筋骨隆々としており、素手で人間の首をへし折れそうなほどに逞しい。きっちり着込んだ執事服は筋肉によってはちきれんばかりになっており、今にもボタンが千切れて飛んできそうである。

ガロンドルフの側近である男の登場に、俺は警戒しながら口を開く。

「……何か用か。あまりのんびりしていると学校に遅刻してしまうんだが？」

「登校前にお時間をいただき、失礼をいたします。ただ……今朝は庭で訓練をしていなかったようですから、体調でも悪いのかと気になりまして」

「朝練は自主的にやっているものだ。たまには気分が乗らない時もある」

ましてや、昨日は父親から拷問をされたのだ。訓練どころではない。

ぶっきらぼうに答えて横をすり抜けようとするが、ザイウスがさっと身体をずらして再び道をふさぐ。

「旦那様はゼノン様が成長して、バスカヴィル家にふさわしい強者となられることを望んでおります。もしもゼノン様が鍛錬を怠るようでしたら、旦那様に報告をしなければいけないのですが」

「へえ……俺がさぼっていたら親父が帰ってきて、また昨日みたいに折檻をするってことかよ？　教育熱心なことだな」

ゼノンの父親であるガロンドルフは日常の大半を留守にしており、屋敷に帰ってくることは滅多にない。

帰ってくるのは、昨日のようにゼノンを叱りつける時くらいである。

母親については不明。ガロンドルフの愛人の一人が産んだ子供らしいが、ゲームにゼノンの母親は登場しなかった。

教育熱心な両親などゼノンにはいないのである。

「……旦那様はゼノン様に期待しています。どうかその期待を裏切られませぬよう、お願い申し上げます」

ザイウスが困ったような表情で諫めてくる。

「ふんっ……」

鼻を鳴らして、今度こそザイウスの横をすり抜けた。大柄な執事は今度は進路を妨げることなく、大人しく道を譲る。

そのまま玄関に向けて歩いていこうとして、ふと思いついて振り返った。

「これからも鍛錬を休むことがあるだろうが……心配はいらない。ちゃんと親父の期待には応えてやるさ」

「ほう……何か、強くなるためのお考えでもあるのですか？」

「素振りをするだけが強くなる道じゃないだろう。俺は俺のやり方で強くなってやるよ……それこそ、親父の度肝を抜くくらいにな」

捨て台詞のように言い残して、さっさとその場を立ち去る。

背中に執事の視線が突き刺さっているのを感じながら、改めてガロンドルフを超えられるくらいに強くなることを決意したのだった。

第三章　初めてのダンジョン

この世界に転生してゼノン・バスカヴィルになり、父親を超えることを決意して一週間。それから何事もない学園生活が続いていた。

相変わらずレオンは険悪なオーラを放っていたが、積極的に関わってくるつもりはないらしい。あちらから話しかけてくることはなかった。他のクラスメイトも一定の距離をとり、怯えるような眼差しを向けてくるばかりである。入学式と変わらないボッチライフが続いていた。

睨みつけてくる正義漢主人公は置いておくとして、授業自体はそれほど苦にはならないものである。

例えば数学の授業などは日本の中学生レベルの内容であり、それほど難しいものではない。歴史などの暗記科目がネックになるかと思われたが、それも不思議とスポンジが水を吸うようにスッと頭に入ってくる。魔法の使い方が身体に染みついていたように、知識もまたゼノンの頭に残っているのかもしれない。

まるで学生時代に戻ったかのような気分を味わいながら、そつなく授業をこなしていき、やがて待ちわびていた授業の時間がやってきた。学園における実技科目――『ダンジョン探索』である。

ダンジョンというのはこの世界に無数に存在している魔物の巣窟であり、モンスターや宝物が自然発生する不思議な場所だった。

無限に資源を生み出してくれる宝の山だが、放置しておくと際限なくモンスターを吐き出す時限爆弾でもある。この学園が設立されたのも、ダンジョンに生息している魔物を駆逐して人々の生活を守るための人材育成が目的だった。

学園の敷地内にもそんなダンジョンの一つが存在している。『賢人の遊び場』という名称で、ゲームにおいてチュートリアルとして扱われるダンジョンだ。

「これより『ダンジョン探索』の授業を始めます。皆さん、事前に決めておいた『パーティー』に分かれてください」

ダンジョンの入口前に集合した生徒に向けて、ワンコ先生が落ち着いた口調で宣言した。

オリエンテーションの際、授業でダンジョン探索をするからパーティーを決めておくように事前通達されている。パーティーの人数は上限四人までだ。

すでに入学してから一週間が経過している。クラス内でも行動を共にする仲良しメンバーができており、クラスメイトの大部分が三、四人のパーティーを作っていた……ごく一部の例外を除いて。

「それではパーティーごとに順番でダンジョンに入ってもらいます。ええと、誰ともパーティーを組んでいないのは……」

ワンコ先生がチラリとこちらに目を向けてきた。

クラスメイトからやたらと怖がられている俺は、当然のようにボッチである。誰のパーティーにも混ぜてもらえなかった。

チュートリアルダンジョンくらい、一人でも楽勝なのだが……何故だろう、視界がにじんできてしまう。

「……俺は別に構わない。一人で十分だ」

「私も問題はない」

ボッチは俺だけではなかった。メインヒロイン三巨頭の一人であるナギサ・セイカイもまた、どこのパーティーにも加わることなく孤高に佇んでいた。

剣術少女のナギサはとある理由で留学してきたのだが、最初は人間不信であり、クラスメイトともほとんど交流を持っていないのだ。

後にレオンに命を救われて、それがきっかけで仲間になって周囲にも心を開くようになるのだが……それはまだ先のことである。

「……ソロでの探索は危険が大きすぎます。初めてのダンジョンですし、余っているのなら二人で組んでも構いませんよ？」

「結構だ」

「無用だ」

俺とナギサが同時に断言する。

レオンの邪魔をしないためにも、メインヒロインであるナギサとの接触は最低限にしたい。

意味もなく寝取りフラグを立てるつもりはなかった。

頑なにしている様子の俺達に、ワンコ先生が頭痛を堪えるように眉間を指で押さえる。

「はあ……そうですか。このダンジョンにはそれほど危険なモンスターは出てきませんが……ダンジョン内では何があっても自己責任ですよ。命を落としたとしても学園は一切の責任を取りませんから、くれぐれも無理はしないように」

ワンコ先生が呆れたように首を振り、気を取り直したように両手を叩いた。

「はい、それじゃあ順番に探索を始めてください。前のパーティーが入ってから十分後に次のパーティーが探索を開始してください。見つけた収集物や魔物から得た素材はちゃんと持ち帰るように。他のダンジョンのように管理ギルドが買い取りをすることはありませんが、成績に反映されますから」

「よし！　まずは俺達からだ！」

「ちょっと待ってよ、こっちが先でしょう⁉」

ワンコ先生の説明を受けて、クラスメイトがダンジョンに入る順番を巡って言い争いを始める。

ゲームではこんな描写はなかったが……みんな早くダンジョンに入りたくて仕方がないようだ。いっそ先生が順番を決めてしまえばいいのに、生徒の自主性を尊重しているのか、ワンコ先生は少し離れた場所で生徒の言い争いを見守っている。

「……まるで遊びに行くような気軽さだな。これから危険な場所に入るというのに、酔狂なこと」

「あ？」

蚊帳の外で口論を眺めていると、何故かナギサが話しかけてきた。涼しげな顔つきの黒髪美少女に、俺は思わず眉をひそめてしまう。

「……驚いた。クラスメイトに話しかけられたのは初めてだ」

「それは当然だろう。貴殿は見るからに悪そうな顔をしている。みんな怖くて仕方がないのだ」

「それは申し訳ない限りだな……それで、何か用かよ？」

俺は警戒しながら尋ねた。ナギサは涼しげな顔で鼻を鳴らす。

「貴殿だけ暇そうだったからな。皆に伝えておいて欲しい。誰から行くか決まらないのであれば、このナギサ・セイカイが先陣を務めると」

「おいおい……出し抜くつもりかよ。意外といい性格をしていやがる」

「では、頼んだ」

俺の返事を待つことなく、ナギサはこれで話は終わりとばかりに背中を向けた。そのまま迷うことなくダンジョンの中に足を踏み入れていく。

順番を無視したフライングに、他の生徒から抗議の声が上がる。

「お、おい！　ちょっと待てよ！」

「ずるいぞ！　こら、待ちやがれ！」

「…………」

背中にぶつけられた制止の言葉を無視して、ナギサはダンジョン内部へと消えていった。

どうやら俺以上に協調性のない人間がクラスにいたようである。俺はやれやれと肩をすくめて、クラスメイトに向けて声を張り上げた。

「お前らがいつまで経っても決めないから、時間の無駄だってよ！　ジャンケンでもアミダでもいいから、さっさと決めやがれ。日が暮れるぞ！」

「う……」

どうやら俺の悪人面が効いたらしく、クラスメイトは不毛な言い争いを止める。その後はパーティーの代表者によるジャンケン大会が開かれることになった。

「よし！　それじゃあ僕達の番だ！」

ナギサが探索を始めてきっかり十分後、じゃんけん大会に勝利したレオンとシエルがダンジョンへと入っていった。

後回しになったパーティーは不満そうに時間が経過するのを待っている。

じゃんけん大会に参加していない俺は自然と最後尾になってしまった。

腕を組んで端の方で待っていると……今度はワンコ先生がこちらに近寄ってくる。

「驚きましたよ。バスカヴィル君は意外とリーダーシップがあるようですね。見直しました」

「……見直すも何も、俺のことなんてまるで知らないでしょう。先生」

話しかけてきたワンコ先生に、俺はふふんと鼻を鳴らして応えた。

「そうですね……クラスの皆さんはバスカヴィル君の顔と家柄で距離を置いているようですけど、私も同じだったみたいです。教師として猛省しなければいけません……それよりも、バスカヴィル君は一番最後でよかったのですか？　順番決めにも参加していなかったようですが？」

「順番なんてどうでもいいことです……ところで、先生。一つ確認しておきたいのですが」

「何でしょうか？」

俺は首を傾げる女教師に、確認しておくべきことを尋ねた。

「ダンジョンで獲得した物――アイテムや財宝には、国とギルドから一定の税が課せられるはずです。このダンジョンで獲得した物にも税がかかるんですか？」

「いえ、これはあくまでも授業の一環ですし、ここは学園が管理しているダンジョンですから、税金はかかりませんよ」

ワンコ先生はクイッとメガネのブリッジを指で押し上げて、クールな微笑を浮かべる。

「とはいえ……ここで手に入るアイテムは店で売っても二束三文の品ばかりですから、そもそもお金になんてなりませんよ。その代わり、強いモンスターもいないので死者が出ることもほとんどありませんが」

「それを聞いて安心しました。せいぜい頑張ってアイテムを探すとしましょうか」

「やる気があるのは結構ですが、貴方はパーティーを組んでいませんから。危なくなったら無理せずに引き返してください」

「……お気遣い。感謝しよう」

嫌われ者の俺に対しても、ワンコ先生は身を案じる言葉をかけてくれる。

良い先生だと心から思う。それにしっかりしている。ゲームにおいて地下室で調教されて、犬になってしまう女性とはとても思えない。

やがて、最後のグループがダンジョン内部へと消えていく。

自分とワンコ先生を除いて誰もいなくなったのを確認して、俺もまた迷宮につながる階段へと足を踏み入れるのであった。

○　○　○

「さて……それじゃあダンジョンを攻略するとしよう」

ダンジョン内に入った俺は、入口付近をざっと見回した。

チュートリアルダンジョン『賢人の遊び場』は洞窟のような構造をしているが、床には下層につながる石材の床が張られて道標になっており、左右には大理石の柱が立っている。壁には松明がかけられているため光源には困らない。

すでにクラスメイト三十九名が通り過ぎた後のため、道中の宝箱などは取り尽くされている。現れるのは時間経過によってポップするモンスターぐらいか。

「闇魔法――シャドウエッジ」

「ピキイッ!?」

目の前に現れたスライム状のモンスターに魔法を放つ。手の平から放たれた黒い刃に斬り裂かれて、スライムはドロドロに溶けて地面を流れていく。残されたのは水色の小さな石――素材アイテム『スライム核』だ。

「ダンジョンの構造もドロップアイテムも、ゲームそのまま……楽勝だな」

チュートリアルだけあって、ここには強力なモンスターもトラップも存在しない。ソロでも余裕で攻略できるレベルのダンジョンだ。俺はすぐに二層につながる階段を発見して、次の階層に降りていく。

途中で何度かモンスターと遭遇したものの、ゼノンは仮にもレオンに次ぐ実力者である。このダンジョンでエンカウントするモンスターに苦戦するような強敵はいない。

少なくとも――最下層にいる『あのモンスター』を除いて。

「むっ……傷を負っているクラスメイトが増えてきたな」

余裕綽々とダンジョンを進んでいく俺であったが、他の生徒にとってはそうでもないらしい。二層、三層と下のフロアに進んでいくと、道の端に怪我をして休んでいるクラスメイトがちらほらと現れた。

ほとんどが軽傷で命に障るような外傷ではなさそうで、無事なクラスメイトがポーションや治癒魔法で応急手当をしている。

「雑魚を相手に情けない……いや、初めてダンジョンに潜る素人だから仕方がないのか？」

俺はゲームの知識があり、さらにゼノン・バスカヴィルというハイスペックなキャラクターの身体を使っている。しかし、他の生徒の大部分はモンスターと戦った経験もない完全な初心者だ。初めての実戦にヘマをしてしまうことだってあるだろう。

「……そういえば、ゲームでも初回に最下層までたどり着けたのはレオンとナギサ、シエルの三人だけという設定だったな」

やはりレオンとヒロインを除いて、このクラスに特筆すべき実力者はいなさそうだ。仮にも実力トップのAクラスだというのに嘆かわしいことである。

となると、今後行動を共にする仲間は学園の外で探した方がいいのかもしれない。下手な相手と組んでしまえば、足手まといになり、かえって行動が阻害されてしまうだろう。

魔物を倒しながらサクサクと進んでいくと、三人のメインヒロインの一人であるエアリス・セントレアを見かけた。

ヒーラーであるエアリスの周囲には十人以上のクラスメイトが集まっており、魔法による治療を受けている。

「はい、順番に並んでくださいね。ちゃんと治しますから」

「ああ、なんて素晴らしい治癒魔法……」

「流石はセントレアの聖女だ。これだけの人間を治療して魔力が尽きないなんて……」

エアリスは穏やかな表情でクラスメイトを治療していた。治癒魔法を受けた者達は男女を問わず、まるで神を崇めるような熱い眼差しでエアリスのことを見ている。

メインヒロインだけあって、クラスメイトに治癒魔法をかける横顔はさすがの美貌だった。天使のように慈悲深くも整った神々しい表情には、魂を引き抜かれるような魅力がある。

「チッ……俺としたことが惚れるところだった」

エアリスに見惚れている自分に気がつき、慌てて自分の頬を叩く。

やばかった。あと少し見つめていたら恋に落ちていたかもしれない。

エアリスをレオンから奪い取るため、寝取り主人公に目覚めていたかもしれない。それでは魔王復活のバッドエンド一直線だ。

俺はエアリスから視線を強引に引き剥がして、足早に先に進もうとする。

「あら……貴方はバスカヴィル様、ですよね？」

「む……」

無言のまま通り過ぎようとする俺であったが、エアリスの方から声をかけてきた。

ここで無視をするのも不自然だ。俺は仕方がなしにエアリスの方を振り返る。

「そうだが……君は学年三位のセントレアさんだったね？」

「はい、その通りです。学年次席のバスカヴィル様？」

エアリスはおっとりとした笑みを浮かべながら首を傾げる。

周囲にいるクラスメイトは突然登場した悪役キャラにビクリと肩をすくめているが、エアリスには怯えている様子はない。

他のクラスメイトに向けるのと変わらない、慈悲深い瞳で俺の頭からつま先まで視線を巡らせる。

「バスカヴィル様には治癒魔法は必要なさそうですね。たった一人でここまでたどり着くとは、流石でございます」

「……所詮は練習用のダンジョンだからな。ところで、そちらはさっきから何をしているのかな？」

「もちろん、皆様の治療ですわ。傷ついているクラスメイトを放ってはおけませんもの」

エアリスは当然だとばかりに背筋を伸ばし、手の平を胸に当てる。

ポヨンと巨大な双丘が揺れて男子生徒の視線を釘付けにしてしまうが、本人に気にした様子はない。

「……慈悲深いことだな。先に進まなくてもいいのかよ？」

「パーティーを組んでいる仲間の許可はもらっております。私達のパーティーがゴールするよりも、ここにいる皆さんが一歩ずつ前進した方が価値のあることかと思いましたので」

「ふんっ……仲良しこよし。甘っちょろくて結構なことじゃないか」

エアリス・セントレアという女性は、献身と自己犠牲の化身のような人間なのだ。

誰かを助けるために自分を平然と犠牲にする。ゲーム内では、時に自分の命を投げ出して困っている人を救おうとする場面もあった。

まさに聖女のごとき在りようは立派だと思うが……同時に、ゲームをプレイしながらヤキモキさせられたものである。

(相変わらずイライラする奴だな。悪い娘でないことは間違いないんだが……)

エアリスのように献身的な女性に憧れる人間は少なくないだろう。

だが俺は、自分を犠牲にしてまで人助けをしようとする人間には、どちらかというと苛立ちを覚えてしまう。

人間は誰にだって幸せになる権利がある。他人の幸せのために自分を犠牲にして、幸せになる権利を放棄するなど馬鹿げた話ではないか。

「まあ……それを言ってやるのは俺の仕事じゃないな。聖女様への説教は主人公に任せるとしよう」

「どうかされましたか？」

「いや……俺は先に進ませてもらう。人助けもほどほどにしておけよ」

俺は捨て台詞のように言い残して、背中を向けてダンジョンの奥へと進んでいく。

傷だらけの聖女エアリス・セントレアを救うのは俺じゃない。エアリスを救い、自己犠牲という鎖から解き放ってやるのは主人公であるレオンの仕事だ。

「……俺の出る幕ではないな。悪役キャラはクールに去るとしようか」

エアリスと別れて進んでいくと、すぐに下の階層につながる階段を見つけた。

これで四階層。最下層である五階層はもうすぐである。

四層へとたどり着いた俺は、魔物を倒しながらさらに進む。

現れるモンスターは相変わらず雑魚ばかり。特に苦労することもなく、剣と魔法の練習のつもりで相手をしていく。

三層まではクラスメイトの姿をちらほらと見かけていたが、ここまで降りてくるとそれも見当たらなくなってきた。

どうやら、クラスメイトの大部分は三層まででギブアップして引き返してしまったようである。

「……この調子なら、すぐに最奥まで潜れそうだな。レオンもすでに着いているだろう」

倒したモンスターのドロップアイテムを拾って道具袋に入れながら、俺はポツリとつぶやく。

初めてのダンジョン探索もじきに終わりである。ダンジョンの最深部にはちょっとした強敵《ボス》がいるのだが、それも先に入っているレオンに撃退されているに違いない。

少々、もの足りない気もするが……初めてのダンジョン探索もこれで終わりである。

「うわあああああああああっ！」

「ん……？」

特に気負うことなく、軽い足取りで進んでいく俺だったが……進行方向から悲鳴が聞こえてきた。

「きゃあああああああっ！」

「クソッ！　やりやがったなこの野郎！」

「早く下がれ！　離れないと殺られるぞ！」

聞こえてきたのは数人の男女の悲鳴。いずれも聞き覚えのない声である。

怪訝に思いながら進んでいくと、ダンジョンの先から金属がぶつかり合う戦いの音が響いてきた。

「……誰かが戦っているのか？　随分と苦戦しているようだが」

何が起こっているのだろうか。

あえて姿は見せずに壁の陰に隠れ、前方で起こっている戦いを盗み見る。

「クソッ！　何でこんな強い敵がいるんだよ！」

「避けて、ジャン！」

「ぐ……うわあああああああっ!?」

そこでは激しい戦闘が生じていた。四人組のパーティーが一匹のモンスターを相手にして戦っている。

四人のうち二人はすでにぐったりと地面に倒れ込んでおり、生死もわからない状態だった。

辛うじて、剣士の男と魔法使いの女がモンスターと渡り合っている。

「ギイイイイイイイイイイッ！」

クラスメイトの男女が戦っているのは、翼を生やした人型のモンスターである。

モンスターは二本足で立っているが、顔には尖った嘴があり、身体は石のように硬そうな質感をしている。見るからに凶暴そうな眼には鋭い殺意と威圧感が宿っており、明らかに初心者用のダンジョンでエンカウントするような敵ではない。

そのモンスターはゲームにおいて『ガーゴイル』と呼ばれている敵だった。

「キシャアアアアアアアアアアアアアッ！」

ガーゴイルは洞窟の宙を舞いながら、爪を振ってクラスメイトに襲いかかる。

「きゃあああああああああっ！」

「アリサ!?　この野郎おおおおおおっ！」

必死に抵抗していたクラスメイトであったが、やがて女子生徒が爪で引き裂かれてその場に倒れた。剣を持った男が慌てて倒れた仲間に駆け寄っていく。

「ちくしょう……よくも、よくもアリサを！」

「ギャッギャッギャッ！　ニンゲン、コロス！　ニンゲン、コロス！」

男が振り下ろした反撃の刃を軽々と躱して、ガーゴイルが耳障りな声を発した。

嘲るような鳴き声には明らかに余裕があり、残ったクラスメイトが倒されるのも時間の問題だろう。

そんな絶望的な戦いを隠れて見守りながら、俺は眉間にシワを寄せて考え込む。

「……どうしてガーゴイルがここにいる？　アレと戦うのは最下層のはずだが」

あのガーゴイルは本来であれば、ダンジョンの最奥にいるイベントボスである。

ガーゴイルは実は魔王の手下であり、そう遠くない未来に復活する魔王のため、勇者の子孫を殺すためにこのダンジョンに潜んでいたのだ。

ダンジョンの最奥にたどり着いたレオンは、勇者の子孫殺害を目的にしたガーゴイルに殺されそうになる。そして、パーティーを組んでいたシエルと駆けつけたナギサと共に戦って、最後は勇者の血の力に目覚めてガーゴイルを撃退するのだ。

レオンにやられたガーゴイルはどこかに逃げてしまうはずなのだが……。

「……そうか。忘れていたな」

そこまで考えて、ようやく疑問の答えにたどり着いた。ゲームではナレーションだけの情報だったから失念していた。

ガーゴイルはダンジョンから逃げる途中で、遭遇したレオンのクラスメイト数人を殺害しているのだ。

そして、『自分が敵を逃がしたせいでクラスメイトを死なせてしまった！』などとレオンは己の弱さを噛みしめて、さらに自分を鍛えて成長するフラグになるのだった。

「そうか……ガーゴイルに殺されるモブのクラスメイトってのが、コイツらなのか……」

同情を込めてつぶやいた。彼らはゲームには名前すらも登場しないモブキャラだったが、それでもこうしてイベントとして死を強制されているのを見ると、さすがに哀れに感じてしまう。

ゲームではそれほど気にしたことはなかったが、彼らにだって自分の人生があるのだ。

主人公の成長のためにそれをふいにしなければいけないのだから、改めて考えると惨い扱いである。

「……どうしたものかね。助けるのは……やっぱり不味いよな」

物陰に隠れながら、俺は眉間にシワを寄せて唸る。

主人公――レオン・ブレイブが魔族を憎み、勇者として成長するためには、ここでクラスメイトの死が必要だ。彼らの犠牲を乗り越えて、レオンは勇者としてもっと強くなることを誓うのだから。

ここで彼らに救いの手を差し伸べてしまえば、レオンが魔王に勝利して世界を救う未来もまた揺らいでしまうかもしれない。

「……可哀そうだが、ここはスルーするしかないか。悪く思うなよ」

俺は目を伏せて、そっとその場から離れようとした。

しかし……立ち去ろうとする背中に、クラスメイトの弱々しい声が飛んでくる。

「だめ……逃げて、ジャン……」

「逃げるかよ！　お前を置いて行けるわけねえだろうが！」

「わたしはもうだめ……だから……せめて、あなただけでも……」

「ちくしょぉおおおおっ！　化け物が、アリサから離れろぉおおおおお！」

「…………」

倒れた魔法使いの女が声を振り絞って逃げるように訴えており、剣士の男がそんな彼女を守るためにたった一人でガーゴイルに立ち向かっている。

そんな声を聞いているうちに、この場から離れようとする俺の脚は自然と止まってしまう。

「ギャッギャッ、シネ、ニンゲン！」

「グッ……！」

ガーゴイルの鋭い一撃により、男の剣が弾き飛ばされる。

万事休す。絶体絶命の危機であった。

「ギャッギャッギャッギャッ……グベッ!?」

耳障りな笑声と共にトドメを刺そうとするガーゴイルであったが、その顔面を魔法で生み出された黒い刃が斬り裂いた。

俺が放った闇魔法が狙い通りにモンスターの顔面に命中したのである。

「……やっぱりダメだな。どうやら、俺は悪党が向いていないらしい」

「お前は……バスカヴィル!?」

物陰から飛び出して右手をかざす俺の姿に驚き、ジャンと呼ばれていた男が目を見開いた。

「……考えてもみたら、この程度のシナリオ改変で強く成長できなくなるような奴を勇者なんて呼べないよな。それに……こんな場面を見捨てたら、本物のクズになっちまうじゃねえか」

「ニンゲン、ヨクモカオニキズヲ……タダデスムトオモウナヨ！」

「タダで済むと思うな……ハハッ！　笑わせてくれるぜ！」

ガーゴイルが忌々しそうに嘴から怒声を発するが、俺は鼻で笑って剣を抜き放つ。

「チュートリアルのボスキャラ風情が偉そうに吠えるなよ。こっちは主人公すら敵わない天下の大悪党だぜ？　薄っぺらいモブの悪役ごときが俺の前に立ちふさがるつもりなら……死んでいいぞ？」

「キシャアアアアアアアアッ！」

「フッ！」

ガーゴイルが宙を舞って、俺めがけて爪を振り下ろしてくる。鋭い爪の一撃をバックステップで躱してカウンターの斬撃を見舞う。

ガーゴイルの胴体へと正確に吸い込まれた剣先であったが、硬いものにぶつかったような音と共に弾かれる。

「ギャッギャッ！　ムダムダムダムダッ！」

「はあ……やっぱりかよ！　硬いだけが取り柄の木偶人形が鬱陶しい！」

ガーゴイルの身体は岩石のように硬い鱗で覆われており、並の攻撃ではダメージが通らずに弾かれてしまう。

ガーゴイルの強さは、中盤に遭遇するモンスターと同じくらいのレベルである。レオンと仲間達は覚醒した勇者の血の力によって奇跡的に撃退したのであって、まともに戦えば勝てる相手ではない。

そして、それは俺もまた同様。初期装備であるこんなナマクラの剣では、傷一つ付けられなかった。

「シャドウエッジ！」

「ギャッ⁉」

再び飛んできた影の斬撃を喰らい、ガーゴイルが短い悲鳴を上げた。

これもゲームと同じ。ガーゴイルは物理防御こそ高いものの、魔法耐性は低い。下級魔法でも多少のダメージは与えられるようである。

「とはいえ……小技で削るのも面倒だな……」

現在の俺に使うことができるのは闇属性の下級魔法のみ。これでガーゴイルを倒すには、何十発とぶつけなければいけないだろう。

もしも俺に仲間がいるのであれば、盾役が相手を引き付けて、後衛が魔法で少しずつ削っていくことができるのだが、残念ながら俺はソロプレイ中。頼れる仲間など誰もいない。

ガーゴイルと戦っていたクラスメイト……ジャンは後ろで仲間の治療を行っているため、そちらからの援護もあてにはできない。

「となると……一撃必殺のクリティカルで一気に仕留めるしかないな」

「ヨクモッ！　コロス、コロス！」

「む……！」

ガーゴイルが背中の翼を大きく広げる。俺は次に放たれる攻撃を予想して、バックステップで距離をとった。

次の瞬間、翼から手裏剣のような羽が無数に飛ばされてきて広範囲に突き刺さる。もう少し逃げるのが遅ければ、全身ハリネズミになっていたに違いない。

チラリと背後を一瞥すると、ジャンとその仲間達も無事なようだ。距離が離れていたため、攻撃の射程範囲外だったようである。

「悪いがその攻撃は知っている！　嫌というほど見たからな！」

「ナアッ!?」

「そして……お前の弱点も知っている！」

範囲攻撃を避けられたガーゴイルがその場でフリーズする。大技を繰り出したことによって硬直が生じたのだ。

俺はその隙に相手の懐へと飛び込んだ。このまま剣で斬りつけても、先ほどのように鱗で弾かれてしまうに違いない。

だが……それでも俺は躊躇うことなく剣先を突き出した。

狙うは一点。ガーゴイルの弱点部位である。

「フッ！」

「グギャァアアアアアッ！」

ガーゴイルが断末魔の悲鳴を上げた。

俺が繰り出した刺突が、ガーゴイルの顎の下に突き刺さって首を貫通する。

『ダンブレ』に登場する敵キャラには全て弱点部位が存在しており、そこを攻撃するとクリティカル扱いになるのだ。

ガーゴイルの場合は顎の下部分だけが石の鱗に覆われておらず、その部位が弱点になっていたのである。

「ギ……ガッ……」

「勇者にやられた腹いせに弱い者いじめをして、それすらも失敗して格下の相手に殺される。さぞや屈辱だろうな、イベントボス」

「コ、ノ……ニンゲン……！」

「ヘルフレア！」

俺の攻撃はまだ終わらない。

現在、使うことができる最大威力の魔法を剣を通して発動させる。突き刺した傷口から漆黒の炎が溢れ出して、ガーゴイルの肉体を内側から焼いていく。

「このゲームには様々な職業《ジョブ》が存在するが……初期ジョブの中で最強なのは、言わずと知れた【魔法剣士】」

「ガアアアアアアアッ!?」

「そして、【魔法剣士】のジョブにつくことができるキャラクターは二人だけ。主人公であるレオンと…………ゼノン・バスカヴィル。俺だけだ！」

勇者と魔王を除けば最強。

光の魔法剣士であるレオンの対極、闇の魔法剣士であるゼノン・バスカヴィルが、こんな初期ボスごときに破れるわけがない。

「グオ……ヤメッ……ギイイイイイィ……」

漆黒の炎に包まれたガーゴイルはジタバタと両手・両翼を振って暴れていたが、その抵抗はあまりにも弱々しい。しばらくすると力なく倒れて、全身が炎に包まれる。

「ギッ……」

ピクピクと痙攣を繰り返していたガーゴイルであったが、やがて動かなくなった。

その身体が粒子状に砕けて、ドロップアイテムの魔石だけを残して空気に溶けて消えていく。

「この世界に来て初めてまともな戦闘をしたな。俺の勝利だ」

勝利宣言と共に剣をクルリと回転させて、決めポーズをとる。

初めてのダンジョンで格上のイベントボスを完全攻略。異世界での新生活の門出にふさわしい完璧な戦果であった。

イベントモンスターであるガーゴイルを倒したことが、シナリオにどう影響を与えるかはわからない。

だが……今は素直にこの勝利を喜ぶとしよう。

ゲームでは死ぬはずだった命を確実に救うことができたのだから。

「さて……」

ガーゴイルを倒してドロップアイテムの魔石を回収した俺は、改めて背後のクラスメイト達を振り返った。

ジャンと呼ばれていた男が仲間を治療している。恋人らしき女子生徒――アリサを含めて、三人の仲間は全員気を失っていた。特にアリサの容態が悪い。胸部からは出血しており、血を失ったことで顔が青白くなっている。

「お前ら、生きているか？」

「ああ……すまない、バスカヴィル。助かった」

仲間の治療をしていたジャンがこちらを向いて軽く頭を下げるが、すぐに仲間に向き直って応急手当を再開する。

どうやら仲間の傷が深く、手持ちの回復薬だけでは治療しきれないようだ。俺は道具入れからポーションを数本取り出してジャンの横に置く。

「使っていいぞ、必要だろ？」

「いいのか？　金は持ってないんだが……」

「構わん。どうせ安物だから気にするな」

ジャンはしばし迷うように俺の顔とポーションを交互に見ていたが、すぐに仲間の命を優先させて薬を仲間に飲ませていく。

緑色の回復エフェクトに包まれて、気絶していた彼らの傷口が消えていく。顔色も良くなっており、じきに目を覚ますことだろう。

「大丈夫そうだな。全員、無事に生き残ったようでなによりだ」

「すまん、バスカヴィル。本当に助かった」

仲間の無事を確認して、ジャンがこちらに向き直って深々と頭を下げた。そのまま地面に頭を付けてしまいそうな勢いのお辞儀に面食らいながら、俺は軽く手を振って応える。

「気にするな。一応はクラスメイトだからな。これくらいのことはしてやるさ」

「……そうか。本当にありがとう。薬もそうだが、あのおかしな敵を倒してくれたことも感謝するよ」

ジャンは先ほどまでガーゴイルがいた場所に視線を向けて、忌々しげに表情を歪める。

「まさか、このダンジョンであんな強い魔物が出てくるなんて知らなかったぜ。油断していたつもりはないんだが……」

「あの魔物はおそらくイレギュラーだ。勝てなくても気にすることはない」

「それでも、仲間がやられたのはリーダーである俺が不甲斐なかったせいだ……！　クソッ！　俺がもっと強かったら、アリサ達を危険な目に遭わせずに済んだのに……！」

ジャンは地面を殴りつけながら、悔しそうに吐き捨てた。

どうやら、この男はかなり責任感が強いようだ。仲間がやられて怪我をしたことに対して、重い責任を感じているようである。モブにしておくのはもったいない男気溢れるキャラクターだ。

「フンッ……責任を感じるのならば強くなればいいさ。次はちゃんと仲間を守れるくらい強くなればいいんじゃないか？」

　こういう時になんて声をかけてやればいいかわからないが……俺はありきたりな気休めの言葉を口にした。それは気の利いた慰めではなかったかもしれないが、ジャンの顔にわずかな笑みが戻ってくる。

「そうだな……強く。バスカヴィルみたいに、強くならないとな」

「別に俺を手本にする必要はないけどな……学園生活は長いんだ。適当に頑張るといいさ」

「ああ、サンキューな。それと……本当にすまなかった」

　ジャンは神妙な顔つきになって、何度目になるかわからない謝罪の言葉を口にする。

「礼だったらもう聞いたぜ？　いい加減にしつこいぞ」

「そうじゃなくて……あー、俺はお前のことを誤解してたみたいだ。そのことをちゃんと謝っておきたくてな」

　ジャンは気まずそうに頬を指先で掻きながら、ポツポツと話し出す。

「俺はお前のことをもっと嫌な奴だと思っていた。顔も怖いし、それに……バスカヴィル家にはあまりいい噂を聞かないからな」

「……だろうな。知っている」

「だけど、お前はいい奴だった。俺達のことを見捨てることだってできたのに、わざわざ危険を冒してまで助けてくれた。回復薬も恵んでくれた。ずっと誤解して、教室でも話しかけずに無視をしていて本当に悪かった。許してくれ」

「…………」

ジャンはわざわざ立ち上がって、腰を直角に曲げて頭を下げてくる。つくづく実直な男である。

「あー……」

これまで学園ではボッチだったせいで、キチンと真っ向からクラスメイトと話すのはこれが初めてかもしれない。俺もまた何と返していいのかわからずに、微妙な顔になって顔を背けてしまう。

若干照れくさい気持ちになってしまい、それを隠すために道具袋から一つのアイテムを取り出した。

「……これまでのことは気にするな。俺の顔が怖いのも、バスカヴィル家が悪党なのも事実だ。俺は先に進むから、これを使ってゆっくり外に出るといい」

「これは……?」

ジャンに手渡したのは『魔除け香』というモンスターを追い払う消費アイテムである。弱いモンスターにしか効果はないが、このダンジョンくらいの敵であれば、エンカウントすることなく外に離脱することができるだろう。

「……重ね重ね、世話になった。このお礼は必ずさせてもらうから」

「出世払いで返してくれれば問題ない……じゃあな」

俺はぶっきらぼうに言い残して、軽く手を振りながらその場を立ち去るのであった。

○　○　○

最後の階段を下りて『賢人の遊び場』の五層にたどり着いた俺は、モンスターを蹴散らしながら薄暗い道を進んでいった。

いくら最下層とはいえ、所詮は最初のダンジョンである。ボスでイベントモンスターであるガーゴイルを倒した以上、もはや手こずるような強力なモンスターはいない。

ほとんど足を止めることなく、ズンズンとダンジョンの最奥に向かって進んでいく。


「お前は……バスカヴィル！」

「……あ？」

あと少しでダンジョンの最奥にたどり着くというところで、奥から戻ってくる一団と遭遇した。

『1』の主人公であるレオンである。レオンの後ろにはヒロインであるシエルとナギサも続いている。

三人の顔には明らかな疲労の色が見えた。どうやらダンジョンの最奥でガーゴイルを撃退して、しばらく休憩してから戻ってきたようだ。

「三人とも無事だったみたいだな。流石は勇者の子孫じゃないか」

「無事……だと？　どうして俺達が危険な目に遭ったと知っているんだ？」

レオンがいきなり疑いの眼差しを向けてくる。

ひょっとして、この男は俺がガーゴイルをけしかけた黒幕ではないかと疑っているのだろうか。いくらゼノンが悪役キャラとはいえ、あまりにも酷い濡れ衣である。

「何を怖い顔をしているのかは知らないが……先ほどダンジョンの奥から強力なモンスターが出てきたからな。てっきりお前達も遭遇したのかと思っていただけだ」

「……お前もあの怪物に襲われたのか。よく無事だったな」

「ああ。俺は何ともなかったが、怪我をさせられたクラスメイトもいる」

「そんな……俺が逃がしたせいで……！」

レオンが悔恨に表情を歪ませる。幼馴染のシエルが隣に寄り添い、気遣わしげにその手を握り締める。

「違うわ……！　レオンのせいじゃない。レオンがいなかったら、私もナギサさんも殺されていたかもしれない。あなたが私達のことを守ったのよ……！」

「だけど、俺があいつをちゃんと倒しきれていればクラスメイトが襲われることなんてなかったんだ！　何が勇者の子孫だよ……俺は無力だ！」

「レオン……！」

勝手に後悔をして騒ぎ出したレオン一行。幼馴染のシエルはもちろん、その後ろではナギサも無表情ながら奥歯を噛みしめている。

俺は肩をすくめて、葬式のような空気になった三人に水を差すことにした。

「盛り上がっているところを申し訳ないが、あの魔物――ガーゴイルにやられた連中は怪我を負っただけで死んではいない。ガーゴイルはすでに倒されている。怪我人には治療薬も渡しておいたから、命に別状はないだろう」

「え……」

レオンとシエルは目を丸くして俺の顔を見て……やがて喝采した。

「そうか！　無事だったのか……本当によかった！」

「よかったわね、きっとレオンがダメージを与えたおかげで敵も弱っていたのよ！　やっぱり貴方がみんなを守ったんだわ！」

レオンとシエルが華やいだ声を上げて抱き合った。喜びに沸く二人の姿を眺めつつ、俺は苦々しい思いで息を吐く。

本来のシナリオでは、レオンは自分が取り逃した敵がクラスメイトを殺してしまったことにより、激しい後悔から劇的な成長を遂げるのだ。

しかし、目の前にいるレオンはそれほど悔やんでいるようには見えなかった。この様子ではシナリオ通りの成長は見込めないかもしれない。

さて、どうしたものだろうか。クラスメイトを助けたことが間違っているとは思わないが、これがどれほど魔王討伐に影響を与えるのか想像がつかない。

「……ま、なるようにしかならないか。考えても意味がない」

俺は難しい顔になりながら首を振る。ここから先は考えても答えは出ない。今、できることを確実に為していくとしよう。

「それじゃあ、俺はそろそろ失礼するよ。そちらも気をつけて帰るように」

「あっ……バスカヴィル！」

先に進もうとする俺を、レオンが慌てた様子で呼び止める。

まだ何か用かと振り返るが……レオンは難しそうな顔で黙り込んだまま、なかなか話し出そうとしない。

「俺も先を急ぐのだが。話があるなら早くしてくれ」

「……ありがとう。感謝するよ。怪我をしたクラスメイトに薬をあげたんだろ？　俺の尻拭いをしてくれて助かった」

渋々といったふうに感謝の言葉を口にするレオンに、俺は思わず目を見開いた。

入学以来、あれほど敵意を剥き出しにしてきたレオンが、まさか感謝の言葉を口にするなどとは思わなかった。

やはり主人公ということか。通すべき筋は通すようである。

「だけど……勘違いはするなよ！　俺はお前のような悪を決して許さない！　いずれ、然るべき報いは受けてもらうからな！」

「あ、レオン！」

捨て台詞を残して、レオンはダンジョンの出口に向かって歩いていく。その背中をシエルも追っていく。

「……バスカヴィル」

「あ？」

だが……何故かナギサだけはその場にとどまって俺を見つめている。

「ガーゴイルを倒したのは貴殿か？」

「……そうだと言ったらどうする？」

「やはりそうか。クラスの中で貴殿だけが纏っている空気が違ったが、私の目に狂いはなかったようだ」

ナギサはスウッと目を細め、嬉しそうに唇の端を吊り上げる。

「いずれ一手立ち合っていただきたいものだ。強者との戦いは強くなるための勉強になる」

ナギサはそれだけ言い残して、先に行った二人の背中を追っていく。

取り残された俺は石の天井を見上げて深々と溜息をつく。

「やれやれ……厄介な奴に目をつけられてしまったらしい。前途多難そうで嫌になるぜ」

軽く鼻を鳴らして冷笑を浮かべ、自らの目的を達成するためにダンジョンの最奥へと進んで行った。

○

○

○

ダンジョンの最奥に到着すると、広い空間が目の前に現れた。

先ほどまでレオン一行とガーゴイルが戦っていたであろう場所には、地面に鋭い刃物で引っかいたような痕があり、壁は魔法で黒く焼け焦げている。

色濃い戦いの痕跡に感心しつつ、俺は部屋の中央にある台座へと向かう。

台座の上には金属製のメダルがジャラジャラと置かれている。その一枚を手に取ってポケットに入れて、軽く服の上から叩いた。

「これでダンジョンクリアー。ほぼ無傷でのミッションコンプリートだな」

このメダルはダンジョン【賢人の遊び場】を到達達成した証。

これを手に入れることで実技成績に加点され、さらに上のレベルのダンジョンへの探索が許可されるようになるのだ。

「ゲームでは泣かされたよな……ガーゴイルを追い払ってそれで終わりと思って外に出たら、メダルを取ってこなかったせいでダンジョンクリアーが認められないんだから」

おかげで、攻略したダンジョンにもう一度潜ることになってしまった。

『ダンブレ』をプレイしたことがある人間にとってはあるあるの失敗談である。

そういえば、レオン達はこのメダルを持って帰ったのだろうか？

ガーゴイルとの戦いで満身創痍になっていたようだから、ひょっとしたら忘れているかもしれない。

「ご愁傷様ってね。えーと、後は……」

俺はもう一つの用事を達成するべく、部屋の周囲を丁寧に調べていく。

実はこの部屋にはもう一つだけ秘密が隠されているのだ。

それはプレイ二周目以降でのみ現れる特典。初めてのプレイでは得ることができないボーナスなのだが、この世界にも反映されているだろうか。

「……見つけた。ここだな」

壁の一部に少しだけ色が違う場所があった。その箇所を手で押すと、まるで忍者屋敷の隠し扉のように壁が回転して新しい通路が出現した。

俺は迷うことなくその通路に足を踏み入れる。そのまま十メートルほど歩いていくと……目がくらむような光が俺の視界に広がった。

「おおっ……ちゃんとあるじゃないか。『成金の部屋』！」

目の前には、黄金の山が現れた。無数の金貨が見上げるほどの山になって積み重なっている。その周囲には、宝石で豪奢な装飾が施された宝箱がいくつも置かれていた。

この部屋の名称は『成金の部屋』。ゲームを周回プレイすることで出現する、クリア特典の一つである。

『ダンブレ』のシナリオにはいくつかのルートとエンディングが用意されており、プレイヤーが周回プレイすることを前提として作られている。

そして、そういったゲームのお決まりとして、エンディングに到達することで解放されるクリア特典が用意されていた。

その特典の一つが、『成金ニューゲーム』。前回クリア時に持っていた金とアイテムを引き継ぐことができるというものである。

二周目以降に最初のダンジョンである『賢人の遊び場』を訪れると、その最奥に隠し部屋が出現する。隠し部屋の中には引き継いだ金とアイテムが保管されており、自由に持ち出せるようになっているのだ。

俺は宝箱の一つを開けて、中に入っていたマジックバッグを取り出した。これはゲーム終盤に手に入る貴重品アイテムで無限にアイテムが収納できる。

アイテムを収納できる道具はいくつかあったが、個数無制限なのはこのマジックバッグだけだった。

「ふ、フフフフッ……ククッ、笑いが止まらないな！　これだけの金！　アイテム！　いきなり億万長者じゃないか！」

俺は押し寄せる衝動のままに笑いながら、部屋中に積み重なっている金貨をどんどんマジックバッグに収納していく。

宝箱には素材アイテム、消耗アイテム、装備アイテムときちんと分類されてアイテムが入れられており、それも残すことなくマジックバッグに放り込む。

「お？　この剣はまさか……？」

アイテムの中に一本の剣を見つけて、思わず手を止めてしまう。

宝箱の中から取り出されたのは、カラスの濡れ羽のように黒く染まった片刃の剣である。

日本刀のように反りの入った刀身には、よく見ると赤い筋が血管のように浮き出ており、まるで生き物のように小刻みに脈打っている。

「『魔剣・天乃羽々斬丸《アメノハバキリマル》』――お前もこの世界に来ていたんだな。愛しくも懐かしい、俺の愛剣よ……」

それはかつて、ゲームプレイ時に俺が作り出した武器である。

『ダンブレ』は鍛冶屋に依頼をすることで、新しい武器を作製することができる。武器の性能は持ち込んだ素材アイテムによって変化するため、自分だけのオリジナル武器を生み出すこともできるのだ。

天乃羽々斬丸は俺が造り出した最高の武器である。時間をかけて素材を集め、気の遠くなるような資金を投入して、何度も強化を繰り返しながら育て上げた名刀である。

十回以上の周回プレイを経て鍛えた性能は、シナリオ後半で手に入る最強武器の『聖剣エクスブレイブ』すらも凌駕する。

カンストまでスキルを育てた主人公が装備すれば、ハードモードの魔王にさえも大ダメージを与えることができる威力があった。

「この剣があるってことは……やっぱり、この部屋にあるのは俺の周回データを元にしたアイテムってことだよな？　いったい、誰が用意してくれたんだ？」

このクリア特典が存在するということは、この世界は俺がプレイした『ダンブレ』から生まれた世界ということになる。

つまり、俺は偶然にこの世界に迷い込んで『ゼノン・バスカヴィル』の身体に憑依したわけではなく、何者かの意思によって意図的にこの世界に転生させられたのではないだろうか。

「いったい、誰が……何のために……？」

日本にいた頃にゲームのキャラクターに転生する系統のラノベは何度か読んだことがあるが、自分がその立場になるとは思わなかった。

神か悪魔かは知らないが、この世界に自分を送り込んだ者の目的は何なのだろう。

『1』の主人公であるレオンではなく、『2』の悪役主人公であるゼノンに転生したことも偶然ではないはず。必ず、何かの意味があるのだろう。

俺はしばし悶々と考え込んでいたが、やがて諦めて肩を落とした。

世界を創り出すような存在の意図を人間ごときが測ることなどできるものか。正解か不正解かも判断できない問題など、考えるだけ時間の無駄だ。

うじうじと考え込んでいたら、それこそ日が暮れてしまう。

外ではワンコ先生や先にダンジョンから出たクラスメイトも待っているだろうし、さっさとアイテムの回収を済ませてしまおう。

俺は無意味に考えるのをやめた。

頭を空にして、ひたすら手を動かしてアイテムをマジックバッグへと収納するのであった。

第四章　仲間を求めて

ダンジョンから脱出した俺は、ワンコ先生に到達報酬のメダルを手渡した。

無事に『賢人の遊び場』を攻略したものと認定され、他のダンジョンへの探索が許可された。

レベルが高いダンジョンであれば強力なモンスターも生息しており、スキルの熟練度も上げやすくなるだろう。まずは最初の関門を突破である。

ちなみに……予想通りというか、レオン達はメダルを取り忘れたらしい。

せっかくイベントボスであるガーゴイルに勝利したというのに、後日また『賢人の遊び場』に潜らなくてはいけなくなった。本当にご愁傷様だ。

ガーゴイルについてはすでにワンコ先生に報告している。本来そこにいるはずのない強力なモンスターの出現に学園側も驚いていた。

とはいえ……ダンジョンにおいて予想外のアクシデントはつきもの。死者が出なかったこともあり、目立った対策は取られそうもない。

結局、勇者の子孫を狙っていた魔王軍の刺客――ガーゴイルの目的は闇に葬られたのである。

「さて……そろそろ、いい加減に仲間を探さないとな。いつまでもソロ縛りのプレイじゃ限界がある」

授業を終えて下校した俺は、学園のすぐ近くにある市場を歩きながらぼんやりとつぶやいた。今日は寄り道をするために徒歩で帰路についており、送迎に使っている馬車は先に帰らせている。

活気のある市場には大勢の人々が行き交っていた。買い物に来た主婦。お菓子を持って走りまわる子供。言葉巧みに商品を売りつけようとする商人……中には、獲物を狙って品定めをしているスリらしき者までいる。

彼らに共通しているのは、俺と一定の距離をとって道を避けて通っていることだった。

会話すらしたことがない彼らがバスカヴィル家のことを知っているわけがないので、単純に顔が怖いから避けているのだろう。

『成金の部屋』でアイテムを回収したおかげで、ポーションをはじめとした消費アイテムには困らない。俺のマジックバッグには、下級から超級まで、数百本ものポーションが入っている。

しかし、問題は消費アイテムではなく装備アイテムである。『成金の部屋』で取り戻した武器や防具はほとんどが今の俺には装備できないものなのだ。

このゲームにおける装備品には、身に着けるために必要なスキルと熟練度が存在している。

例えば、『銀の大剣』という武器アイテムならば、【剣術】のスキルの熟練度が30以上でなければ装備することができない。

周回特典として取り戻した装備品のほとんどは、周回を重ねて手に入れた強力な武器や防具ばかりである。

必要な熟練度も非常に高く、現状では装備することができないのだ。

せっかく取り戻した最強武器――天乃羽々斬丸も必要スキルは【剣術】90以上。今の俺では宝の持ち腐れでしかなかった。

「こんなことなら、弱い武器も残しておくんだったな……いや、弱い武器じゃあ意味がないんだが……」

こうなった以上、俺がやるべきはダンジョンに潜ってスキルの熟練度を上昇させることしかない。

だが、そのためにはどうしても越えなければならない壁がある。冒頭に話が戻って、ソロで高レベルのダンジョンに潜るのは限界があるのだ。

どれだけ俺が攻略情報に精通しているからといって、ダンジョン攻略の危険がまるでないわけではない。

例えば、状態異常に冒されてしまったらどうすればいいのか。

毒だったらすぐに薬を飲めば治るのだが、麻痺や石化だったら一撃で戦闘不能になってしまう。仲間が回復してくれなければ、その場で詰んでしまうだろう。

シナリオ後半であれば状態異常への耐性スキルも育っているだろうが、序盤では治癒魔法や回復アイテムに頼るしかない。

「つまり、いざという時に助けてくれる仲間が不可欠。しかし――俺はボッチだ……！」

俺がレオンであったならば、最初から幼馴染みヒロインのシエルという仲間がいる。

けれど、俺はレオンではなくゼノンだ。孤高の悪役キャラのゼノン・バスカヴィルなのだ。

ゼノンは『2』のゲーム内でも、ヒロインを寝取って洗脳する以外に仲間を得る方法がなかったほどで、まっとうな方法では仲間を作れない。

それらの設定全てがこの世界に反映されているとは思えないが……クラスメイトの様子を見る限り、彼らを誘って仲間を増やすことは難しそうである。

「となれば選択肢は二つ。傭兵を雇うか、あるいは奴隷を購入するか……」

選択肢の一つ。まずは傭兵。

『ダンブレ』には傭兵をしているサブヒロインがいて、金を出すことで彼女を雇って仲間にすることができた。金を消費してしまうというデメリットはあるものの、最初から一定以上の戦闘力を持った即戦力を仲間にできるのだ。

問題は……金で雇われた人間が信用できないということである。傭兵として雇った仲間キャラの中には、戦闘でピンチに陥ると逃げ出してしまう者がいた。他にも金やアイテムを持ち逃げする者もいて、曲者ばかりだった記憶がある。

となれば……選択肢の二つ目。オークションで奴隷を購入して、仲間にする方がマシだろう。

スレイヤーズ王国には合法的に奴隷制度が存在している。

隷属魔法によって縛られた彼らは主人を裏切ることはできず、半永久的な忠誠を強制的に誓うことになってしまう。

奴隷のほとんどは犯罪奴隷か、借金による経済奴隷。奴隷に対する虐待や殺害行為などは法律上禁止されているが、鞭で叩く程度の折檻では罰されることはない。人権が大幅に制限されるのは間違いなく、自由だって失われてしまう。

正直、健全な日本人であった俺にとって、奴隷を購入するという行為は忌避感を抱くものである。

しかしながら、命がかかった現状で手段を選べる余裕はない。ソロでダンジョンを潜り続けていれば、いつか必ず命を落としてしまう。

これがゲームであったのならコンティニューをすれば済むだけだが……現実となった今では、迂闊に命を懸けることなどできるわけがない。

「俺だって生きていかなきゃいけないからな。そのために忠実な部下は絶対に必要だ……たとえそれが奴隷であったとしても」

奴隷となってしまった人間には心から同情をするが……俺が買わなかったとしても、その奴隷が解放されるわけではない。反対に、俺が購入することで救われる人間だっているはずだ。

俺はそうやって自分に言い聞かせながら……奴隷売買を行っているオークション会場へと足を向けたのだった。

○　○　○

そのオークション会場は、人目を忍ぶこともなく繁華街に堂々と設置されていた。

サーカスのテントのように広げられた巨大な天幕の入口では、多くの客引きが道行く人々を呼び止めている。

オークションは席が埋まらなければ盛り上がらないため、彼らも競売を活気づかせるために必死なのだろう。

この奴隷オークションは、ゲームのサブイベントで登場する場所である。

あるサブヒロインが親の作った借金のために奴隷として売り飛ばされることになってしまい、レオンがその救出のためにオークション会場に乗り込むのだ。

このイベントの攻略法は制限時間内に一定額以上の金を稼いで正規のルートでヒロインを購入すること。もしくは、オークション会場に忍び込んでヒロインを盗み出すことである。

どちらを選ぶかによって成功報酬のＣＧに変化があるため、俺は手間と時間をかけて両方のルートをプレイしたものである。

「これはこれは！　バスカヴィル家の若様ではありませんか！」

入口の前にいた太った男が声をかけてきた。

顔に見覚えがある。奴隷救出イベントにも登場したオークションの支配人だ。

「はて……どこかで会ったかな？」

「これは失礼を。わたくし、こちらのオークションを取り仕切っておりますレスポルドと申します。お父上にはいつもお世話になっております」

「ああ……なるほどな。親父の部下だったのか」

どうやら、この奴隷オークションは父親の息がかかっているようである。

考えてもみれば当然だ。裏社会の首領《ドン》であるあの男が、奴隷売買という商売に手を出していないはずがない。

俺の脳裏にわずかに迷いが生じる。ここがガロンドルフ・バスカヴィルの領域である以上、あまり関わらない方がいいのではないだろうか。

ここで奴隷を購入すれば、その情報はガロンドルフの耳にも入るだろう。戦力を集めていることがバレてしまうかもしれない。

「まあ、いいだろう……入らせてもらうか」

父親にこちらの行動が筒抜けになってしまうのは面白くないが……あの父親が息子の行動をいちいち気にするとは思えない。

虎穴に入らずんば虎子を得ず――前世も含めて初めて使うことわざだが、今こそその時ではないだろうか。

「おおっ、それではこちらにどうぞ。良い席をご用意いたします」

レスポルドが恰幅の良い腹をタプタプと揺らしながら、俺をオークション会場へと案内する。

外から見たよりも会場内部は広々としていた。円形の会場には中央に舞台が設置されており、それを取り囲むように雛壇状に客席が設けられている。

すでにオークション会場は席の大部分が埋まっていた。一目で貴族であることがわかる身なりの良い貴婦人もいれば、成金丸出しの商人風の男、ガラの悪いチンピラまで、様々な人間が今か今かとオークションの開始を待っている。

俺はレスポルドの案内で最前列の客席へと連れられていく。俺が席に座るや、すぐにタイツ姿の色っぽい女性が飲み物を運んできた。

「それでは、若様。どうぞごゆるりとお楽しみください」

レスポルドが丁寧に頭を下げて、スタッフルームらしき扉の奥へ消えていく。

「商売熱心なことだな……人間の売買ってのはそんなに儲かるのかね？」

皮肉の言葉を口にして、俺は運ばれてきた飲み物に口をつけた。柑橘系の果汁を溶かした飲み物は爽やかな味わいで、魔法で生み出したのかキューブ形の氷まで浮かんでいる。

そうして果物のジュースを味わっていると、中央の舞台上にレスポルドが現れた。

「レディース・エンド・ジェントルメン！　お集まりの紳士淑女の皆様、これより奴隷オークションを開始いたします！」

タキシード姿の奴隷商人が両手を広げ、オークションの始まりを高々と宣言する。

「ようやく始まりか。良い戦力がいるといいんだが……」

『成金の部屋』で金貨を回収したことで、俺の懐はこれでもかと潤っている。奴隷の一人や二人、余裕で購入することができるだろう。

問題は十分な戦力として使える者がいるかどうかである。俺はこれからダンジョンに潜り、いずれは裏社会の頂点に立っている父親と対決しなければいけないのだ。部下として働いてもらう人間にもそれなりの戦闘力が必要だった。

やがて舞台の裏側から白い服を着た女が連れられてきた。女の首には金属製の首輪が嵌められており、そこから鎖がぶら下がっている。

金髪の美しい女に会場から歓声が湧きたち、次々と値段が吊り上げられていく。値段をつけているのは主に男性。彼らの目は情欲で赤く血走っている。

人間が人間を商品として売り買いする。その光景は目を覆いたくなるような醜悪なものだった。

だが……それはもう他人事ではない。これから自分もその醜悪な連中の仲間入りをしなければいけないのだ。

俺はうんざりとした心境で天を仰ぎ、鬱屈した溜息を天井めがけて吐き出した。


奴隷を売買するオークションは熱狂に包まれて進んでいく。

次々と奴隷が落札されていく。美しい女性も、屈強な男性も、年端もいかない子供まで……

舞台上に立たされた奴隷は例外なく値段をつけられて売り飛ばされていく。

そんな悪趣味な光景を見つめながら、俺は肩を落として溜息をついた。

「……どうもパッとしないな。大したスキルを持っていない平凡な連中ばっかりだ」

次々と競売にかけられる奴隷であったが……俺の目に適う人間はいない。

俺の右目には先ほどまでは付けていなかった片眼鏡《モノクル》がかけられている。これは『成金の部屋』で回収したアイテムの一つで、『ゴッドアイ』と呼ばれるものだ。

このアイテムの効力は、レンズ越しに見た相手が所有しているスキルと熟練度を視認できるというもの。このゲームにはレベルという概念がないため、スキルによって能力値が決まってしまう。スキルを目で確認できるというのは、戦いにおいて非常に優位に立つことができるのだ。

本来であればモンスターなどの能力を確認するためのものだったが、それはオークションでの目利きにも有効だった。外見ではわからない奴隷の能力が見て取れるのだから、外見だけではわからない情報だって取得できる。

オークションには様々な人間が売りに出されていた。目を奪われるほどに美しい女性。屈強な肉体を持つ巨漢の戦士。尖った耳に緑色の髪を持つエルフの少女。非常に稀少で、滅多に姿を見ることができない竜人族の戦士まで。

外見こそは美男美女で立派に見える彼らであったが……ゴッドアイを通して見た彼らは戦闘に役立つスキルを持っていなかったり、熟練度を上げていなかったり……俺の求める人材はいなかった。

「スキルは後天的に覚えることもできるが……それでも初期スキルを持っているかどうかで、成長スピードがまるで違うからな」

「さて、それでは次が最後の奴隷になります！」

ぼやいているうちに、どうやら奴隷オークションに終わりが近づいてきたようだ。

今回は戦力になる奴隷は見つからなかった。一緒にダンジョンに潜る仲間は、他の方法で探した方がよさそうだ。

俺は肩をすくめて立ち上がり、オークションを最後まで見届けることなく会場から出ていこうとした。

しかし、司会進行しているレスポルドの口から放たれた言葉に足を止めることになる。

「それでは……最後の奴隷は、竜人族と並んで稀少な種族！　北方の亜人大陸より仕入れました鬼人族の娘です！」

「あ？」

間抜けな声を漏らして振り返った俺は、舞台上に立っている小柄な少女に目を見開いた。

「白髪の小鬼……まさか、ウルザ・ホワイトオーガか!?　何でアイツがここにいやがるんだ!?」

ウルザ・ホワイトオーガ。

俺の腰ほどの背丈しかない小柄な少女は、紙のように白い肌と髪、黄金に輝く瞳という異彩を放つ容貌をしていた。白い髪の間からはちょこんと赤い角が覗いており、それこそが彼女が『鬼人族』と呼ばれる亜人種であることを証明している。

ウルザは『ダンブレ』に登場するキャラクターではない。『2』にだって登場しない。

俺がウルザを知っていたのは、彼女が『ダンブレ』ではない別のゲームに登場するキャラクターだからである。

そのゲームの名前は『聖海のウォー・ロード』。『ダンブレ』と同じメーカーが発売している戦争シミュレーションゲームだ。

南海の島国を舞台として、仲間を増やして敵国との戦争に勝利することを目指すゲーム。百人以上もの仲間キャラが登場することが特徴である。

ウルザはその仲間キャラの一人だったのだが……どうして別ゲームのキャラクターである彼女が『ダンブレ』の世界にいるのだろう。

「おかしい……ゲームの境界を越えている。この世界、マジでどうなってやがる……」

俺は予想外の事態に、会場の入口前で立ち尽くしてしまった。

入口の前に突っ立っているなど、悪目立ちで人目を引いてしまう行為である。しかし、会場の誰も俺のことなど見てはいなかった。

「10万！」

「50万！」

「70万！」

「100万！」

「200万！」

会場の客は興奮に目を爛々とさせて、次々に声を張り上げて値段を吊り上げていく。最初は10万からスタートした金額もすでに二十倍以上に達していた。

それもそうだろう。ウルザの見た目は小学校高学年くらいであったが、整った顔はあまりに美しい。白い髪と肌も神秘的で、黄金の瞳は夜空に浮かぶ満月のように光り輝いている。

おまけに、彼女は『鬼人族』という極めて珍しい種族なのだ。鬼人族はエルフと同じように老化が遅いため、いつまで経っても若々しい姿を保つことができる。身体能力も非常に高く、戦士としても優秀だ。

間違いなく、彼女は今回のオークションにおける目玉商品だ。

俺はかつてない盛り上がりを見せるオークション会場をよそに、どうしてウルザが『ダンブレ』の世界に存在しているのか考察を進める。

「この世界に『1』と『2』の設定が合わさっているように、『聖海』の世界観も融合しているのか？　あるいは……最初から同じ世界だったとか？」

ひょっとしたら、『ダンブレ』の世界と『聖海』の世界は元々、同じ世界観の上に存在していたのではないだろうか。

例えば、ボールでモンスターを捕まえて戦わせる有名ゲームをプレイしたことがあるが、あのゲームはシリーズごとに違う場所を舞台にしているものの、それらの場所は地域が異なるだけで同じ世界の上にあったりする。

それと同じように、『ダンブレ』と『聖海』も同じ世界の上でつながっており、物語の舞台となる場所が異なるだけなのではないだろうか。

「どっちのゲームも同じメーカーが作ったゲームだからな。裏設定でつながっていたとしてもおかしくはない……」

「500万！」

「おっと、500万が出ました！　他にもいらっしゃいますか!?」

考え事をしているうちに、金額は500万に達していた。

俺は右目にかけたゴッドアイに指先で触れながら目を細める。

ウルザ・ホワイトオーガのジョブは『狂戦士《バーサーカー》』。攻撃力、防御力が高く、速さと命中が低いパワーファイタータイプの戦士職である。

所有しているスキルは『身体強化』、『剛力』、『槌術』の三つ。熟練度はどれも20以下だったが、初期から三つもスキルを持っているキャラクターは滅多にいない。

俺も三つのスキルを持っているが、一つは『調教』という戦闘には役に立たないスキルだった。戦闘スキルばかりを持っているウルザは、間違いなくバトルの天才と呼ばれるであろう稀有な人材である。

「彼女は間違いなく戦力として合格。俺が求めていた理想的な人材と言っていいな」

はたして、俺がウルザを購入しても良いのだろうか。

金額的には買えないことはない。かなりの出費になってしまうが、資金には十分な余裕がある。

けれど、もしもこの世界が俺の想像通りに『聖海』の世界とつながっているのだとすれば、ウルザはこれから『聖海』のシナリオに参加して、戦争に巻き込まれていくということになる。

思い返してみれば、ウルザは奴隷としてある貴族に無理やり働かされており、紆余曲折の末にあちらの主人公の仲間になるのだ。今回のオークションは、彼女が奴隷としてその貴族のもとに行くフラグになっているのかもしれない。

「……俺がここでウルザを購入すれば、『聖海』のシナリオを狂わせることになっちまう。ルートによってはあっちの主人公と恋人になったりもするウルザを、俺の勝手な都合で味方に引き入れてもいいのか……？」

別にシナリオにこだわるわけではないが、ヒロインには極力関わらないと決めたばかりである。

ウルザはレオンのヒロインではなかったが……いずれあちらの主人公と結ばれることになるかもしれないウルザの未来を歪める権利があるのだろうか。

「さあ、６５０万が出ました！　他には！　他にはいらっしゃいませんか!?」

俺は決心がつかないままオークションに目を向ける。

レスポルドは顔を真っ赤にして興奮した面持ち。鰻登りに上昇していく金額に、オークションの主催者としてテンションが上がっているようだ。

レスポルドの隣に立っているウルザは、暗い表情で目を伏せて唇を噛んでいた。幼い面持ちは必死に涙を堪えているらしく、細い肩が小刻みに震えている。

「…………」

「っ……！」

ふと、ウルザがうつむけていた顔を上げた。

それは何かの拍子に生じた偶然だったのだろう。客の中で一人だけ立ち上がって、通路に立っている俺に少女の目線が止まる。

吸い込まれそうなほどに深い金色の瞳。今にも涙がこぼれ落ちそうな眼と、見つめる俺の眼が一本の線で結ばれる。

絶望に凍りついた美しい顔。救いを求めるような眼に、俺は心臓が握られたような錯覚を覚えた。

「1000万だ……！」

俺は思わず、そう口にしながら手を挙げていたのである。

「…………」

「…………」

「…………」

「…………」

俺が言い放った金額に、オークション会場はしばしの沈黙に包まれた。凍りついたように固まっていた参加者であったが、やがて思考が追い付いてきたのか、大きなどよめきがあちこちで生じる。

「い、1000万!?」

「いきなり値を吊り上げやがった！」

「女一人にそこまでするのかよ⁉」

１０００万という金額は、ゲームの世界であっても安いものではない。

例えば、武器屋で購入することができる最も高価な武器アイテムでさえ１００万Ｇ《ゴールド》もしないのだ。１０００万もあれば、パーティーメンバー全員を最強装備で揃えて、万全の態勢でラスボス戦に臨むことだってできるだろう。

それだけの金額をたった一人の奴隷を手に入れるために費やす。それは愚挙にしか思えないような行為である。

「やっちまったな……また余計なことをしちまったか」

俺はざわつくオークション会場を虚ろな目で見つめながら、内心で歎息した。

仮に俺がウルザに救いの手を差し伸べなかったとしても、彼女はこれから『聖海』のシナリオで主人公に救われ、奴隷から解放されることになる。俺がしている行動はそんな未来を狂わせかねない行動である。

ひょっとしたら、俺の行動により戦争の結果そのものまで変わってしまうかもしれない。

「だけど……悲劇の未来を知っていて無視できるわけねえだろ」

ウルザ・ホワイトオーガという少女は、いずれ別ゲームの主人公によって救われる。

しかし――それまでの間、悪辣な貴族の手に落ちて、小さな身体を弄ばれることになるのだ。

成長途中の未熟な肉体が醜い欲望の餌食となり、拷問じみた調教を受け、心を跡形もなく粉々に破壊されることになってしまう。

知らないことであれば無視することができる。しかし、俺は前世でそんな凄惨な未来をゲーム画面越しに目の当たりにしたのだ。罪もない亜人の少女を救い出す岐路に立っていて、見て見ぬふりなどできるわけがない。

「『聖海』の主人公には悪いが……主役だったら、シナリオ改変くらい自分で何とかしてみやがれ。俺はゼノン・バスカヴィルのような悪党には成りきれないんだよ！」

「さあ！　さあさあさあさああああああっ！　１０００万、１０００万Ｇが出ました！　どなたか、どなたか、あちらの美少年と競り合う方はいらっしゃいませんかああああああ!?」

かつてない高金額を受けてか、司会のレスポルドも腕を振り回してエキサイトしていた。興奮した男の動きに合わせて、たわわに膨らんだ腹部がポヨンポヨンと激しく上下する。

「うぐ……い、いっせんまん……」

悔しそうにうめいているのは、あと少しで落札できるところに横槍を入れられた貴族の男である。いかにも富豪といった身なりの男は、通路に立っている俺を憎々しそうな眼差しで睨みつけてくるが、逆に俺が睨み返してやると顔を引きつらせて目を逸らした。

「悪人面が初めて役に立ったな。睨めっこで負けるかよ」

俺はふふんと鼻を鳴らして、先ほど立ち上がったばかりの自分の席へと戻った。どっかりと腰かけて、偉そうに脚を組んでやる。

ゼノン・バスカヴィルは見るからに邪悪そうな顔立ちの男であったが、同時に整った相貌と高貴なオーラも併せ持っている美青年だ。

こうして座っている姿はさぞや様になっているのだろう。会場のあちこちで女性客が顔を朱に染めて溜息をついていた。

前方に視線をやると、ウルザが顔を上げてこちらに目を向けているのに気がついた。

白い肌、白い髪の異相の少女は、ぼんやりとした目で俺のことを見つめている。俺は何となく右手を上げて鬼人族の少女に手を振った。

「っ……！」

ウルザがビクンと肩を震わせて、慌てたように顔をうつむける。

しかし、白い前髪の隙間からチラチラとこちらを窺っており、意識しているのが丸わかりだ。気のせいか、色素の抜けた頬が薔薇色に染まっているような気さえする。

「そんなに怯えなくてもいいだろうに……一応、君を助けようとしているんだけどな」

俺は肩をすくめて、今度はウルザを狙っている貴族の男へと目を向けた。

どうだとばかりに胸を張り、口元に冷笑を浮かべて嘲笑ってやる。

「ぐ、ううっ……」

そんな俺の堂々たる立ち居振る舞いに、貴族の男が悔しそうに奥歯を噛みしめる。それでもまだ諦めがつかないのか、弱々しく右手を上げた。

「い、１０５０万……」

「おおっと!?　こちらの紳士もさらに上乗せしてまいりました！　１０５０万、１０５０万Ｇ

です！　他にはいらっしゃい……」

「１２００万」

「なあっ!?」

俺は表情を変えることなく金額を上乗せした。瞬き一つしない。この程度のこと、何でもないとばかりに言ってのける。

間髪入れない反撃を受けて、貴族の男は大いにたじろいだ。自分の懐を——おそらく財布でも入れているのか、胸元を忙しなく手で撫でつけて、額にダラダラと汗を流す。

「い、いいいっ……いっせん……いっせんにひゃく……」

男は右手を上げようとして、下ろす。

また上げようとして、やっぱり上がり切らずに下ろす。そんな壊れた玩具のような動作を何度か繰り返してから、ガックリと肩を落としてうなだれた。

言葉のない降参宣言。男の心がポッキリと折れたのを見て、レスポルドが大きく頷く。

「それでは、こちらの鬼人族の少女は１２００万Gでの落札になります！　皆様、どうぞそちらの青年に盛大なる拍手を！」

「「「「うおおおおおお！」」」」

「フンッ………」

会場中が手を打ち鳴らして、俺の勝利を讃えてくる。

俺は会場の最前列の椅子に腰かけたまま、無言で右手を掲げて左右に振った。

「ウルザの名前はウルザといいますの！　よろしくお願いしますの、ご主人様！」

「お……おう？」

代金の支払いを終えて奴隷を購入する手続きを済ませるや、ウルザが華やいだ声を上げて抱き着いてきた。

外見は小学生か中学生ほどのウルザは、俺の胸ほどしか身長がない。腕にぶら下がるようにして抱き着いたウルザの顔には満面の笑みが浮かんでいる。

「ウルザはご主人様のために一生懸命、働きますの！　末永く可愛がって欲しいですの！」

「…………」

この子、こんなキャラだったのか？

俺の記憶が正しければ、『聖海』に登場するウルザ・ホワイトオーガは無表情で人形のような顔をした少女だったはず。

目の前にいるウルザは飼い主に甘える子犬のように人懐っこく、白い髪の毛が尻尾のようにブンブンと左右に振られている。

「いや……これが本来のウルザ・ホワイトオーガなのか……？」

「どうかしましたの、ご主人様？」

○

○

○

「いや、何でもない……」

考えてもみれば、ゲームに登場するウルザ・ホワイトオーガは悪辣な貴族の奴隷として拷問と調教を繰り返され心を壊されていた。

今、目の前にいるウルザこそが本来の彼女の姿。奴隷となって弄ばれる以前の姿なのかもしれない。

「まあ、どうでもいいか……何はともあれ、お前はこれから俺の奴隷だ。存分に働いてもらうからそのつもりでいてくれ」

「もちろんですの！　頑張ってご主人様のお役に立ちますの！」

「期待している……しかし、その前にお前の格好をどうにかしないとな」

ウルザが着ているのは白いワンピースのような服だったが、いかにも奴隷の服らしくあちこちが擦り切れている。おまけに金属製の首輪まで嵌めている。

こんな一目で奴隷とわかるような女を連れて歩いていれば、悪人面がよりパワーアップされてしまい、いよいよ通報案件だ。

「どこかに着替える場所が……レスポルド！」

「はい、どうかされましたかな。バスカヴィルの若様」

俺がオーナーの名前を呼ぶと、すぐに腹を揺らしたレスポルドが現れた。

「こいつを着替えさせたい。部屋を貸してもらえるか？」

「もちろんでございます。奴隷の待機部屋が空いておりますので、そちらをお使いください」

「それと……こいつの首輪も外して欲しいんだが」

「首輪を……？　それはちょっと、やめた方がよろしいかと」

レスポルドが難しそうな顔をして、頭頂がハゲた頭を撫でる。

「奴隷の首輪は、その娘が若様の奴隷であるという証明です。ほら、こちらに若様の名前が刻まれていて、所有者であることを示すものになります。首輪を外してしまえば、無主の奴隷としてかえって危険にさらしてしまうかもしれませんぞ」

「危険……？　具体的には？」

「主のいない奴隷は人権がありません。道で拉致されても、暴力を振るわれても、一切の罪に問われることはありません。タダでさえ、その娘は貴重な鬼人族なのです。若様の持ち物であることを示しておかなければ、すぐに連れ去られてしまうでしょう」

「む……」

俺は眉間にシワを寄せて黙り込んだ。

そうだ、思い出した。

スレイヤーズ王国では亜人種族の地位が低く、奴隷以外には町に亜人はいないのだ。

そのせいでエルフやドワーフの国とは折り合いが悪く、有料の追加シナリオでは亜人諸国との戦争を回避することを目的にしたシナリオもあるのだった。

ウルザの頭の角を見れば、亜人であることは明白。奴隷の首輪を付けていなければ、主のいない逃亡奴隷として酷い扱いを受けてしまう。

かといって、俺は女に首輪を着ける趣味などない。これはどうしたものだろうか。

「ご主人様、ウルザは構いませんの」

思い悩む俺の腕を引いて、ウルザが顔を覗き込んできた。クリクリとした金色の瞳に俺の悪人面が映し出される。

「この首輪はウルザがご主人様のものである証ですの。ウルザはとっても気に入ってますの！」

「む……そうか。お前が良いのなら、別に気にすることもないのか……？」

釈然としない感情になったが、とりあえずは納得して頷く。

そんなやり取りを見ていたレスポルドが、話を終えたタイミングを見計らって口を開く。

「それでは、お部屋の方に案内いたします。部屋にはしばらく誰も近寄らせませんので、どうぞごゆっくりお楽しみくださいませ」

何やら勘違いしているオーナーに連れられて、俺達は奴隷の控室へと案内された。

奴隷が入れられていた部屋というくらいだからさぞや汚い部屋だろうと思っていたが、通された部屋は簡素に片付いている。

ここまで案内してくれたレスポルドが部屋に入ることなく、扉を閉める。家具も何もない部屋の中には俺とウルザの二人きりになった。

「さて、それじゃあ……」

「はい、始めますの！」

「……って、うおわあっ!?」

ウルザが間髪入れずに服を脱ぎ始める。ワンピースの奴隷服を脱ぎ捨てると、下に身に着けているのは飾り気のないパンツ一枚。なだらかな丘陵を描く小さな胸が、先端のピンクまで曝け出されてしまう。

いくら着替えるために部屋を借りたからといって、あまりにも脱ぎっぷりが良すぎるのではないか。

「急に脱ぐんじゃねえ！　阿呆か！」

「え……これから子供を作るんじゃないですの？　服を着たままじゃできませんの」

「お前もか！　やるわけねえだろ！」

どうやらウルザもレスポルドと同じような勘違いをしていたようである。

いったい、人を何だと思っているのだ。こんな小さい少女を抱くようなロリ趣味は持っていない。

「装備を変えるだけだ！　そんな格好じゃ、ダンジョンにだって潜れねえだろうが！」

「ダンジョン？」

「俺がお前を買ったのは、一緒にダンジョンを潜る戦力にするためだ。性奴隷にするつもりはないから安心しろ！」

「ダンジョン、ダンジョン……！」

懇々と説明してやると、蕾が花を開かせるようにウルザが笑顔になる。

「嬉しいですの！　ウルザ、戦うの大好きですの！　奴隷になってからもダンジョンに潜れるなんて夢みたいですの！」

「そうか、鬼人族は戦闘民族だもんな。戦うのはやっぱり好きか」

「いっぱい殺して、いっぱい奪いますの！　期待してて欲しいですの！」

「…………そうか」

可愛らしい顔で、おっかないことを言わないでもらいたい。どう反応していいかわからなくなるじゃないか。

俺は気を取り直して、収納数無限のマジックバッグから女性用の装備アイテムを取り出した。

周回特典として『成金の部屋』で回収した装備アイテムは、スキルの熟練度の関係で俺は装備できない物ばかりである。しかし、新しく仲間になった女性メンバーに与えるため、女性用の装備はランクが低いものもストックしておいたのだ。

「これと、これ。武器はこっちで……序盤のアクセサリーはこれがいいかな？」

俺はポンポンと装備アイテムを取り出していき、床に並べていく。

「とりあえず、これを装備してみろよ。問題があるようだったら調整してやるから」

「かしこまりましたの！」

俺が取り出した装備を、パンツ姿のウルザが身に着けていく。

数分後、そこには一人前の冒険者のような格好になった愛らしい少女が立っていた。

「とても着心地の良い装備ですの。人間の国にはこんなに良い武器や防具があるですのね」

ウルザが嬉しそうに声を弾ませながらピョンピョンと跳ねた。

白い髪を乱してジャンプしているウルザの身体は紺色を基調としたシャツとスカートに包まれており、腕にはレザー製の小手を着けている。一見すると無防備な薄着にも見えるが、ゲームの装備品だけあって外見以上の防御力が備わっていた。軽くて動きやすいその装備はウルザによく似合っており、微笑みを誘われるような愛らしさに溢れている。

そして——何よりも目を引くのは両手に握り締められた金棒である。

黒鉄の太い棒には無数のトゲが生えており、これで殴り飛ばされれば頭蓋骨が粉々になってしまうであろう暴力性を放っていた。

「槌装備『鬼棍棒』——なるほど、似合っているじゃないか」

俺は満足げに頷きながら、パチリと指を鳴らす。

鬼棍棒はオーガやホブゴブリンなどの鬼系のモンスターからドロップする装備アイテムである。非常に攻撃力が高く、おまけに必要なスキル熟練度が低いため、シナリオ序盤でも装備することができるのだ。

『ダンブレ』のゲームでは【槌術】のスキルを持つキャラクターが少ないため、死蔵されていた逸品である。

頭から生えている二本の角も相まって、まるでウルザのためにあつらえたような武器に見える。

「嬉しいですの！　ご主人様からのプレゼント、大切に使いますの！」

「そうか、気に入ってくれたのならば何よりだ」

「これがあればどんな敵とでも戦えますの。ご主人様のために心を込めてぶっ殺しますの！」

「だから怖いことを言うなって……鬼人族はみんな戦闘狂なのか？」

ウルザは金棒をぬいぐるみのように両手で抱きしめている。トゲが刺さってかなり痛そうに見えるのだが……白髪の鬼っ娘はそんなことも気にせずギュウギュウと金棒にハグをしていた。

「えへへへへ……ご主人様、大好きですのー」

「……なあ、お前はどうして俺にそんなに懐いてるんだ？」

「え？」

「俺達は会ったばかりのはずだが。装備を与えただけで、そんなに好かれるようなことをした覚えはないぞ？」

競売にかけられていたウルザの顔は悲哀と絶望に支配されており、今にも泣きそうに目を潤ませていた。

しかし、俺に競り落とされてからというもの、ウルザは買ってもらえたのが嬉しくて仕方がないとばかりにはしゃいでいる。

いったい、この短時間でどうしてここまで好感度が上がっているのだろうか。

「ウルザは面食いですの！」

「あ？」

「ご主人様がとってもカッコいいから、素敵な殿方のものになれて嬉しいですの！」

「カッコいいって……俺のことを言ってるのか？」

ウルザの答えを怪訝に感じて問い返す。

確かにゼノン・バスカヴィルという男は顔だけ見れば、スラリと切れ味のあるイケメンに見えなくもない。

だが、鋭すぎる目つきや鷹のような鼻はいかにも悪人面であり、近寄りがたい印象を与えるものである。

実際、クラスの女子からはあからさまに敬遠されていた。友好的に微笑みかけただけなのに悲鳴を上げられたこともある。

「はいですの！　視線だけで相手を殺せそうな瞳。邪悪に尖った鼻。血肉を貪るがごとく鋭い牙が生えた口……全部全部、ウルザの理想の男性ですの！　まるで伝説に登場する鬼神のようで、とっても素敵ですの！」

「……すごいな。絶賛されているのに全く褒められている気がしない。女に称賛されて涙が出そうになるのは初めてだ」

はたして、ウルザの感性が特殊なのか。それとも、この悪人顔は鬼人族には美男子に見えるのか。

女子から褒め称えられているというのにビックリするほど嬉しくない。

例えるならば……日本では全然モテなかったのに、遠い異国にある原住民の村ではモテモテになったような。とんでもなく複雑な気分である。

「会場で目が合った時から、とても素敵な殿方だと一目惚れしましたの。そんなご主人様がウルザを買ってくれるなんて、これは運命としか思えませんの！」

「…………そうか、よかったな」

俺は考えることを放棄して首を振る。

かなり釈然としない思いはあったのだが、ここで水を差す意味もない。

どんな理由であったにせよ、これから仲間にする女性に好かれているのならいいではないか。怖がられ、嫌われるよりもはるかにマシだ。

「……別にいいんだ。嫌われるよりも好かれる方がいいはず。うん……切り替えていこう。着替えが終わったのならここを出るぞ。ついてこい」

「はいですの！」

部屋から出ていく俺の後ろを、軽快に身体を弾ませたウルザがついてくる。

オークション会場となっていた建物から出る途中、オークションの主であるレスポルドに出くわした。恰幅の良い奴隷商人は、俺の後ろを忠犬のようについてくるウルザを見て感心したようにアゴを撫でる。

「おやおや、短い時間に随分と懐いて……どうやら、若様は大旦那様と同じく、夜も強いようですなあ」

「……もう好きなように言ってろよ。勘違いを正すのも面倒臭くなってきた」

俺は恰幅のいい奴隷商人を半眼で睨みつけて、さっさと建物から出ようとした。すると、背中にレスポルドが声を投げかけてくる。

「是非とも、またオークションにお越しくださいませ。良い奴隷を取り揃えてお待ちしておりま す」

「…………」

俺は振り返ることなく、ぞんざいに手を振って会場を後にしたのであった。

○　○　○

会場の外に出ると、時間はすでに夕刻に差しかかっていた。

市場に並んだ店舗もあちこちで店じまいをしており、道行く人の数もだいぶ疎らになっている。

「……鬱陶しい人目がなくてちょうどいい。今くらいの時間だったら歩きやすいな」

この身体に転生して数日。さすがに自分の悪人面にも慣れてきた。人混みを歩いて避けられるよりも、こうしてひっそりとした街を歩く方が気楽である。

後ろに続く奴隷の少女に気を配りながら、やや速足で帰路につく。門限があるわけではなかったが、それでも市場から貴族街にある屋敷までは徒歩で一時間はかかる。日が暮れるまでに帰るに越したことはない。

「〜〜〜〜〜〜〜♪」

足早に道を行く俺の後ろを、愉しそうに鼻歌を口ずさみながらウルザが続いてくる。大きな金棒を肩の上に乗せながらも、その足取りは弾むように軽い。まるでウサギが野山を駆けているようだ。

しかし、そんな楽しそうなステップが不意に止んだ。ウルザが俺の服を掴んで引っ張ってくる。

「ご主人様」

「あ？　どうかした……!?」

ウルザよりも少し遅れて気がついた。

俺達の進行方向に三人組の男が道をふさぐように立っている。そして、背後の横道からもぞろぞろと男達が現れる。

「……待ち伏せか。ご苦労なことだ」

いつの間にか周囲の通行人は姿を消している。

人気のない場所を待ち伏せる場所として選んだのか、それとも事前に人払いでもしていたのだろうか。

前方の三人組の後ろから身なりの良い貴族風の男が現れた。

「これはこれは、またお会いしましたなあ！」

「…………？」

ニヤニヤと笑いながら挨拶をしてくる貴族男に、俺は首を傾げた。

「誰だ、お前は」

「っ……！　私のことなど覚えていませんか。流石は１２００万もの大金を支払える御方、路傍の石など気にもかけないというわけですかな？」

そんな男の嫌味を受けて、オークション会場で最後まで競ってきた相手であることを思い出した。

「……ああ、オークションでは世話になったな。おかげで思った以上の出費になったぞ」

「それは申し訳ありません。しかし、あれも勝負の世界のことですからご容赦ください」

「その勝負に敗れた負け犬が、いったい何の用だ？　おっかないお友達まで連れてきやがって……どこかでお祭りでもあるのかよ」

「……ええ、楽しい楽しいパーティーがあるのですよ。是非とも貴方にもお付き合いいただきたい」

『負け犬』という言葉に口元をピクつかせながらも、男は紳士ぶった口調を崩すことなく言葉を続ける。

「ご相談なのですが……そちらのヒトモドキの奴隷を譲っていただけませんか？　大人しく引き渡してくれるのであれば、手足の骨を折るくらいで許して差し上げます」

「やっぱりそういう用件かよ……予想通りというか、面白みのない奴め」

どうやら、この貴族風の男はウルザのことが諦められなかったようである。わざわざお仲間まで連れてきて、俺を『説得』して譲らせようとしているのだ。

俺に負けたことがよほど腹立たしかったのだろうか、欲に濁った両目は憎悪でギラギラと血走っている。

「ところで、『ヒトモドキ』っていうのは何のことだ？　聞き覚えのない単語だが」

「おや、御存じないのですか？　亜人のことですよ。人間のフリをした出来損ないのモドキ……私の国では一般的な言葉なのですけど、この国では使われていないのですか？」

「さあな……俺が知らないだけかもな」

どちらにしても、腹立たしい言葉である。亜人は人ではなく、人よりも劣った存在だなんて誰が決めたのだ。

装備を与えられてニコニコと満面の笑みを浮かべていたウルザ。この娘が目の前の貴族男よりも劣っているとはとても思えない。

俺は冷ややかな笑みを浮かべながら、鼻を鳴らして吐き捨てる。

「さっきの話だが……論外だな。これはもう俺の女だから譲ってなどやらん。どこの国から来たのかは知らんが、ケツをまくって手ぶらで帰るんだな」

「はうっ！　『俺の女』だなんて感激ですの！」

背後のウルザが感極まった声を上げるが、今は気にしている状況でもないので放っておく。

俺の返答を聞いた貴族男は忌々しそうに表情を歪めていたが……やがてニタリと粘着質な笑みを浮かべた。

「せっかく穏便に済ませてやろうと思ったものを……これだから躾のなっていないガキは嫌い

なのです。命が要らないというのであれば貴方には死んでもらうことになりますが、構いませんよねえ？」

貴族男が右手を上げると、手下らしき連中が武器を抜いた。前後から浴びせられる殺気に俺はわずかに目を細める。

「わかっていると思うが、俺も一応は貴族だぞ？　この国ではそれなりに地位のある家の人間だ。こんなことをしてタダで済むと思ってないよな？」

「ええ、そうでしょうね。１２００万もの大金をポンと支払えるのだから、さぞや資金力のある御家の方なのでしょう」

「だったら……」

「ですが――私も引くことはできないのですよ。その娘がいれば、私はもっと国で高い地位につくことができるのですから！」

男は両手を広げて、陶酔したかのように声のトーンを上げる。

「その美しい少女を……鬼人族という珍しいヒトモドキを捧げれば、きっとあのお方は満足してくださる！　私はあのお方の右腕として取り立てられて、さらに飛躍することができる！」

「あの男……ああ、なるほどな。思い出したよ」

その大げさな話しぶり、芝居がかった挙動には覚えがあった。

ようやく思い出すことができたが……俺はこの男を知っている。

「お前……クーロン王国の人間だな？　そして、お前の言う『あの御方』とはクーロン軍元帥のザジタロスのことだろう？」

「なあああああっ!?」

どうやら図星だったらしく、貴族男は驚愕に目を見開いた。

この大げさな仕草はザジタロスの側近の男だ。モブキャラで名前は思い出せないが、二人とも『聖海』に登場した敵キャラだ。

ザジタロス元帥は生粋のロリコン。それも亜人の少女ばかりを好んでいる変態である。

ウルザもまたその男の奴隷として散々な目に遭わされていたのだが……後に『聖海』の主人公に救いだされて仲間になるのだ。

そうか……この男がウルザをザジタロスに差し出すのか。

そして、その手柄によってザジタロスに側近として取り立てられるのか。

「話がつながった。すっきりしたよ」

「な、何故だ。どうして私のことを……それよりも、閣下のことを知っているのだ!?」

「さあ、何故だろうな。お前に教えてやる義理などない」

「くっ……正体を知られた以上は捨ておくことなどできませんな！　貴方にはここで死んでいただきます！」

「そうかよ。わかりやすくて助かるな！　戦いだったらこっちの得意分野だ！」

どうして南の国であるクーロン王国の貴族がこの国にいるのかは知らないが……そちらから手を出してくれるのであれば、喜んで反撃させていただこう。

また『聖海』側のシナリオに干渉することになってしまうが、敵キャラを減らす分には主人公に迷惑もかかるまい。ウルザをもらった代わりに手間を減らしてやろう。

「喜べよ、ウルザ。お前に初仕事が転がってきたぞ。武器を構えろ！」

「はいですの！」

主のために働くのが嬉しくて仕方がない——そんな喜色に満ちた声を上げて、ウルザは大輪の花が開くような笑顔で鬼棍棒を構えたのであった。

「そのガキを殺しなさい！」

貴族男が叫び、手下が武器をこちらに向けてジリジリと近づいてくる。

距離を詰めてくる敵を見て、ウルザが唇を吊り上げて凶暴そうに犬歯を剥き出しにする。可愛らしい顔立ちをしているが、やはり戦闘態勢に入ると立派な戦士の顔になっていた。

「ウルザ、まだ動くな。俺の背中を守れ」

「うー……お預けですの？　待ちきれませんの」

今にも敵に向けて走り出しそうなウルザに釘を刺す。不満そうな顔をしながらも、鬼の少女はしっかりと頷いた。

「アイテム……『闇精霊の魔導書』」

マジックバッグから取り出したのは筒状になった巻物。『成金の部屋』で回収したアイテムの一つである。

紐を解いて素早く広げると、巻物の中から青白い光を放つ無数の文字がこぼれ落ちる。文字は吸い込まれるように俺の頭の中へと流れ込み、巻物に封じ込まれていた魔法が脳に刻み込まれていく。

これは新しい魔法を修得するためのアイテムである。文字通りに闇の魔法を覚えるためのものだ。

俺は目の前の敵に手をかざして、修得したばかりの魔法を解き放った。

「闇属性範囲魔法――ブラッドカーペット！」

「なっ……ガアアアアアアア!?」

「ひいっ!?」

前方で道をふさいでいた三人の暴漢、その足元から真っ赤な槍が現れた。剣山のごとく突き出してきた数十本の槍によって男達は串刺しになり真っ赤な血を全身から噴き出して絶命した。

ゲームではスプラッターな映像は省略されていたが……現実に目の当たりにすると恐ろしくむごたらしい。自分でやっておいて気持ち悪くなってくる。

「我ながら恐ろしい魔法だ。親父の使った拷問魔法といい、どうして闇魔法はこんなものばっかりなのかね」

「なっ……なななななななあああ!?　わ、私の護衛達が……!?」

目の前で部下が惨殺されて貴族男が尻もちをつく。地面から噴き出した槍はギリギリのところで貴族男までは届いていなかったが、あと一歩でも前に出ていたら巻き込まれて命を落としていたことだろう。

「さて……後は後ろの連中だな。ウルザ、もう殺ってもいいぞ」

「待ってましたの！　皆殺しにしてやりますの！」

ウルザが鬼棍棒を掲げて駆け出した。

走り出した勢いのまま、後ろに立っていた男達に殴りかかる。

「へ……？」

「えい、ですの！」

ウルザは真ん中にいる男の顔面へ金棒を振り下ろした。棘の生えた金棒が容赦なく男の頭蓋骨を破壊して、夕闇に包まれた町にグシャリと湿った音が響く。

「ひっ……ぎゃあああああああっ!?」

「ち、ちくしょう！　この化け物が！」

残った二人の暴漢。その一方は怯えて立ちすくんでしまったが、もう一方がウルザに剣で斬りかかっていく。

小さな身体めがけて剣が振り下ろされるが、ウルザはそれを左手だけで掴み取る。

「なっ……は、離しやがれ！」

男が剣を引こうとするが、まるで万力のように固定されたそれはビクともしない。恐怖と驚きに顔を引きつらせる男へとウルザは金棒を横に薙ぐ。

「てい、ですの！」

「がっ……!?」

男の腰が横から殴りつけられる。ゴキゴキと骨が砕ける音がして、男はうつぶせに倒れ込んでしまう。

どうやら背骨が折れてしまったらしい。地面に倒れて身動きが取れなくなった暴漢の頭部を、ウルザは躊躇うことなく踏み砕いた。

「これであと一人ですの！」

「ひいいいいいいいっ！　た、助けて！　許してくれ！」

「ダメですのー。ご主人様の敵はぶっ殺《ころ》ですのー」

最後の男は命乞いをするも、ウルザは取り付く島もなく断言する。

「ご主人様は殺せと命令しましたの。だから、許すわけにはいきませんの」

「そんっ……」

「やあ、ですの！」

男が言い切る前に、ウルザは金棒を振る。まるでメジャーリーグのホームラン王のように豪快なスイングによって、男の首から上が千切れて飛んでいく。

宙を舞う頭部は近くにあった屋敷の庭へと落ちた。明日にでも住人が発見すれば、さぞや驚き慄くことだろう。

「へえ……やっぱり強いじゃないか」

やはり彼女はお買い得だ。１２００万――十回以上も周回して稼いだ金の半分を費やしただけの価値がある。

序盤――まだスキルの熟練度が低い状態でこれほどの強さを発揮しているのだ。ダンジョンで修業を積んで育ち切れば、勇者であるレオンとメインヒロイン三人にも匹敵しうる力を持つことだろう。

「ご主人様ー、やりましたのー！」

「ああ、よくやったな。頭を撫でてやろう」

「えへへへへ……気持ち良いですのー」

白髪の頭を撫でてやると、ウルザは頬を薔薇色に染めてはにかんだ。三人の人間を無残に虐殺したとは思えない、あどけなくも可愛らしい笑顔である。

俺は頭を撫でる手はそのままに視線を前方へと戻した。

「これでお友達はいなくなってしまったけど……さあ、これからどうしようか？」

「ヒッ……！」

最後に残されたのは貴族風の男だけ。

手下がやられているうちにさっさと逃げればよかったものを、間抜けなことに呆然と尻もちをついていた。

「ま、待ちなさい！」

貴族男は両手をこちらに向けて命乞いの言葉を絞り出す。

「私はクーロン王国の貴族です！　私を殺せば、外交問題になりますよ!?」

「お前が俺を襲っている時点で外交問題だろ。最初に言ったよな、俺はこの国の貴族だって」

「それは……」

「どうせ死体を始末して、証拠を隠蔽すればわからないと思ったんだろ？　俺も同じ事をさせてもらうさ。オークションで負けた時点で大人しく引き下がればよかったものを、藪をつついて蛇を出したようだな」

おまけに、現れたのは特大の毒蛇である。

もはや目の前の男に生きる道はない。ここで確実に始末してやろう。

「ん……？」

――と、そこで俺はふと違和感に気がついた。

先ほどからナチュラルに目の前の貴族男を殺害することを前提で話している。いや……それ以前に、すでに魔法で三人を殺害していた。

日本での生活を含めて初めて人を殺してしまったというのに、自分でも驚くほどに心が冷えている。

全くと言っていいほど罪の意識を感じなかった。

「……身も心もゼノン・バスカヴィルになってしまったということか？　それとも、最初からこういう奴だからゼノンに選ばれたのか？」

俺がふとした疑問に考え込んでいると、貴族男が祈りでも捧げるように両手を組み、涙を流して懇願してくる。

「た、たすけっ、助けてくださいっ……！　金なら、金だったらいくらでも出しますから、いくらでも……！」

「……生憎と金には困っていない。ウルザ」

「はいですの！」

ゴーサインを出すと、ウルザがぶんぶんと鬼棍棒を振りながら貴族男に近づいていく。

少女の形をした生ける凶器に、貴族男はいよいよ恐慌に襲われたらしい。這う這うの体で逃げ出そうとする。

「ヒイイイイイイイイイッ!?」

「あ、待つですの！」

ウルザが追いすがり、貴族男に金棒を叩きつけようとする。数秒後には貴族男の身体はミンチになることだろう。

「あ？」

「あら、ですの？」

しかし、そこで予想外の事態が生じた。どこからか飛んできた金属の刃が貴族男の首に突き刺さったのである。

貴族男はバッタリと倒れ、流れ出た血で地面を汚して動かなくなってしまった。

「ウルザ、戻れ！」

「ふあっ!?　はいですの！」

俺の声にビクリと肩を跳ねさせて、ウルザが慌てて戻ってきた。

金棒を胸の前で構えて、どこにいるかもわからない謎の襲撃者に備える。

貴族男が殺された時、まるで攻撃の気配を感じなかった。それほど荒事に慣れていない俺だけならまだしも、戦闘民族であるはずのウルザでさえも同様だ。

俺は警戒して周囲を見回すと……前方の建物の裏から細身の影が現れた。

「警戒されずとも大丈夫です。ゼノン・バスカヴィル様」

「お前は……」

現れたのは漆黒の衣装に身を包んだ細身の人物である。声と身体つきから女性であることがわかるが、鼻から下を黒いマスクで覆った忍者のような格好をしており、顔つきも年齢もわからなかった。

「誰だ、お前は？」

「恐れ入りますが名前は教えることができません。ですが……ご安心ください。私は貴方の父君の部下。バスカヴィル家傘下の暗殺組織の人間です」

「親父の……！」

女は安心させるために話したのかもしれないが、俺はその言葉にかえって警戒を強めた。

あの父親の部下であると聞かされて、どうして安心できるというのだろうか。

「……親父の部下が何の用だ？　まさか、親父に命じられて俺を監視していたのか？」

「いいえ、違います。私は仲間の男……オークションの管理をしていますレスポルドに頼まれてゼノン様を見守っておりました」

「レスポルドに……アイツがどうして？」

俺は恰幅の良い奴隷商人を思い浮かべ、怪訝に問いかけた。

「はい。オークション帰りに大口の客が襲われるのはよくあることなのです。ゆえに、お得意様には私のような護衛が陰ながらついていき、強盗などを排除しているのです」

「なるほどな……」

それは納得ができる説明だった。

オークションというのは非常にエンターテイメント性が高い購買方法であったが、同時に自分の経済力を他の人間に知られてしまう危険性がある。

俺のように護衛も連れずに高額の奴隷を購入するなど、強盗に襲ってくれと言っているような危険極まりない行動だろう。

「とはいえ、護衛の必要はなかったようです。流石はバスカヴィル家の後継ぎ。当家の未来は安泰であることを確信いたしました」

「…………」

俺は複雑な面持ちで黙り込む。

凄腕の使い手らしき女から認められたのは嬉しいことだが、あの父親の後継者として評価されるのは面白くない。

俺はウルザの肩に手を置いて、さっさとこの場を離れようとする。

「帰る。ここから先は護衛はいらないから帰れ」

「どうぞお気をつけてお帰り下さいませ。この慮外者共の死体はこちらで始末しておきますので、ご心配なく」

「……行くぞ、ウルザ」

「え、あ、はいですの」

ウルザは黒衣の女を振り返りながら後をついてくる。

そのままこの場から立ち去ろうとする俺の背中に、女のたおやかな声がかけられた。

「またお会いする日を楽しみにしておりますわ。『バスカヴィルの魔犬』の後継者様」

○　　○　　○

ウルザを連れて屋敷に帰った俺を使用人が出迎えてくれる。

俺はメイドにウルザを風呂に入れるように命令して、そのまま自分の部屋へと戻った。

「ふう……」

ベッドの上にあおむけに寝転がり、天井に向けて重い溜息を吐き出す。

この世界に来てからまだ二週間ほどだが……俺は今日、初めて人を殺してしまった。

後悔はない。必要なことだったと思う。

だが……必要だったからと、抵抗もなく殺人を許容できることの方が異常なのだ。

「……俺はこんなに残忍な人間だったのか？　それとも、やはりゼノンの身体に影響を受けているのか？」

戦闘民族として生を受けたウルザが躊躇いなく人を殺せることは、わからなくもない。

しかし、俺はつい先日まで日本にいた普通の社会人だったのだ。

にもかかわらず、人を殺害したことへの罪悪感がまるでない。俺はいったい、どうしたというのだろうか。

「いや……理由はどうであれ、これは喜んでもいいことだ。人殺しに躊躇っていたら、これから先やっていられないからな」

『ダンブレ』に登場する敵はモンスターばかりではない。魔王を信仰している邪教徒や、盗賊などの犯罪者を敵として相手にすることもあるのだ。

躊躇なく敵を殺すことができるのは、戦いにおいて長所である。むしろ前向きに受け入れた方がいい。

「色々あったが……これで頼りになる仲間が一人。ようやくまともにダンジョンを探索できるな」

どれだけゲームで得た知識でダンジョンを知り尽くしていたとしても、ソロでは必ず詰む時がやってくる。ウルザという強力な仲間を得られたことで、生き残る確率が大きく上昇した。

欲を言うのであれば、他にも魔法職や回復職が欲しいところだ。アタッカー二人というのもバランスが悪すぎる。

「ま……まだシナリオは序盤だ。焦ることもあるまい。また奴隷を探すか、それとも……」

「ご主人様ー！」

「あ？」

バンッと扉が勢いよく開け放たれる。

蹴破るような勢いで扉を開けて飛び込んできたのは、買ったばかりの奴隷であるウルザだった。

「ブフッ!?」

その姿に、俺は思わず噴き出した。

ウルザは一糸まとわぬ全裸の姿をしており、全身がビショビショの濡れネズミになっていたのだ。

白い髪までずぶ濡れにしたウルザが一切の迷いもなく抱き着いてくる。

「あーん！　目が痛いですの！　メイドさんがイジメますの！」

「ちょ、何て格好でゼノン坊ちゃまに抱き着いているんですか！　ウルザさん！」

ウルザに続いてメイドのレヴィエナが部屋に入ってきた。レヴィエナはウルザのように全裸でこそなかったが、裸体にタオルを巻いただけの格好で長い髪を頭の上でまとめて結っている。

ずん胴のウルザとは違って、非常にグラマラスな肢体のレヴィエナ。その半裸姿はあまりにも刺激的で、目を離すことができなくなってしまうほどだった。

「まだ頭を洗っている途中ですよ！　ちゃんと泡を落とさないと！」

「うー、目が痛いですの……痛いですのお……！」

どうやら、頭を石鹸で洗っている途中でウルザが逃げ出してしまったようである。

未開の亜人大陸で暮らしている鬼人族が石鹸などという文明の産物を持っているわけがない。未知の痛みと恐怖に苛まれているようだった。

「あーあ……俺まで濡れネズミかよ」

ずぶ濡れのウルザに抱き着かれたせいで、俺の服までぐっしょりと濡れてしまった。

ウルザを引きはがそうとするが、ガッチリと俺の服を握り締めた手はまるで離れようとしない。鬼人族だけあってすごい力だ。無理に引き離すのは不可能だろう。

「これは仕方がないですね。坊ちゃまもお風呂に入ってくださいな」

「はあ!?」

レヴィエナの口からとんでもない発言が飛び出した。状況から見て、一人で入ってこいという意味ではないだろう。

「あれ……ひょっとして、照れているのですか？　ゼノン坊ちゃまともあろう御方が、今さら？」

レヴィエナがきょとんとした顔で目を白黒させる。

この反応から察するに、ゼノンは日常的に彼女と一緒に入浴しているのかもしれない。それ以上にディープな関係になっていたとしてもおかしくないだろう。

「う、ぐ……そうだな。少し早いが、入浴するとしよう」

俺は覚悟を決めて立ち上がった。

ここで変に抵抗してしまえば、俺が本物のゼノン・バスカヴィルでないことがバレてしまう。決してレヴィエナと一緒に風呂が入りたいというわけではなく、自分の正体を悟らせないために必要なことなのだ。

ウルザの身体を両手で抱えて、やや緊張しながら部屋を出る。

前方を進むレヴィエナ。彼女の裸体を覆っているタオルの下から、ふと形の良い尻がチラリと覗いて見えた。

「ぐっ……」

俺はかつてない緊張感にクラクラする頭を振って、脱衣所へと足を踏み入れたのである。

第五章　鬼娘と聖女

かくして、緊張と興奮の一夜が明けた。

妙齢の美女であるレヴィエナ。そして、未熟な青い果実であるウルザ。

二人との入浴は……まあ、何というか。前世も含めて、もっとも刺激的な風呂だったと思う。

前世の俺は女性経験がまるでなかったというわけではないが、それでもレヴィエナのような
とんでもないレベルの美女とお付き合いしたことなどない。

加えて、ウルザのような未発達な少女を相手にするような、犯罪的な趣味だって持ってはいなかった。

今夜の入浴は色んな意味で落ち着かない、忘れられないものになってしまった。

そして、そんな夜が明けて、俺は自室のベッドで目を開く。

「……ようやく朝か。待ちわびたぞ」

全然、眠れなかった。ベッドに入ってからずっと眼が冴えていて、ウトウトし始めたのは明け方近くになってのことである。

俺はベッドの上に横になったまま、視線を横へとスライドさせた。

「むにゃむにゃ……ですの」

「んっ……はあん……」

同じベッドの上に、ウルザとレヴィエナの二人が眠っていた。

ウルザの顔はレヴィエナの豊かな胸の間に押しつけられており、それが刺激になっているのか、レヴィエナの口からは熱っぽい吐息が漏れている。

こんな状況で眠れて堪るか。いったい、どんな試練だというのだろうか。

「はあ……」

俺は深々と溜息をついて、二人を起こさないようにそっとベッドから降りる。

神に誓っても構わないが、俺は昨晩なにもしていない。幼女であるウルザはもちろん、レヴィエナにだって手は出していない。

にもかかわらず、どうして二人と同衾することになったのか……それは風呂上がりにウルザが言い放った言葉が原因である。

『あったかいお湯、気持ちよかったですの。眠くなってきたのでご主人様と一緒に寝ますの』

その言葉に凍りついたのはレヴィエナであった。

控えめな性格のメイドであるはずのレヴィエナであったが、ウルザと俺が同衾することには頑なに反対をした。

俺と一緒に眠ることを譲らないウルザ。それを決して認めないレヴィエナ。

二人の口論は深夜まで続くことになり、折衷案として何故か三人で眠ることになってしまったのだ。

俺は魅力的な美女と犯罪的な美少女と一夜を共にすることになり、その結果として悶々と寝不足な夜を過ごすことになったのである。

「……勘弁してくれよ。まさか、これが毎晩続くのか？」

いっそのこと、手を出してしまえば楽になるのだろうか。そんな魅力的な誘惑に流されそうになったが、それを許さないのがウルザの存在である。

もしもレヴィエナに手を出してしまえば、ウルザはどんな反応をするだろうか。

興味を持つか、それとも男に対して忌避や恐怖を抱くようになるか。

最悪なのは、『自分も抱いて欲しい』などと言ってくることである。

俺は奴隷として彼女を購入したが、それはあくまでも戦力として。幼女を抱く趣味などないのだ。ウルザに求められたりしたら、どんな反応をしていいのかわからない。

「というか、こいつ何歳なんだ？　鬼人族ってことは、見た目通りの年齢じゃないんだよな？」

ひょっとしたら年上である可能性もある。案外、手を出しても許されるような年齢なのかもしれない。

いっそのこと勢いに任せてやってしまえば……。

「いかんいかん！　ああクソ、寝不足で思考が飛んでいやがる……！」

「んにゃ、ご主人様……？」

俺が一人懊悩していると、どうやらウルザが目を覚ましたようである。目をこすりながら、寝ぼけたように俺に抱き着いてくる。

「む……」

「おはようございますの、ご主人様～」

「……ああ、おはよう」

「えへへへへ……」

まだ半分眠っているらしいウルザは、俺の胸に顔をスリスリとさせながら幸せそうに顔を緩ませる。

やはり子供だ。年上だなんてあってたまるか。

俺は溜息をついて、胸にグリグリと押しつけられているウルザの頭を手で撫でた。

そんなことをしているうちにレヴィエナも目を覚まし、制服に着替えた俺は朝食を済ませて屋敷から出た。ウルザも俺の後ろをちょこちょことついてくる。

「さて、これから学園に行くわけだが……ウルザ。昨晩、教えたことは覚えているよな？」

「はい、もちろんですの！　騒がず、喚かず、暴れませんの！」

ビシリと敬礼を決めて、ウルザがはっきりと断言した。

学園にウルザを連れていくことは事前に決めていた決定事項である。

王立剣魔学園は貴族や王族が通っていることもあって、執事やメイドなどの使用人、あるいは護衛などを連れている者が少なくない。ウルザを連れていっても、授業中に騒いだりしなければ学園のルールには抵触しない。

加えて、これからは授業のカリキュラムの中にダンジョン探索や町の外でのモンスター討伐などが組み込まれることになる。そのため、一緒にダンジョンに潜る仲間であるウルザを連れていかないわけにはいかないのだ。

「学園で騒ぎを起こしたりすれば、立ち入り禁止になるぞ。わかっているな？」

「はいですの！　ご主人様と一緒にいるために、ウルザはお行儀よくしていますの！」

ウルザはキラキラとまっすぐな瞳で即答してくる。

ここまで断言するのであれば騒ぎを起こす心配もないだろう。俺はひとまず胸を撫で下ろして、ウルザと共に馬車に乗り込んだ。

「ですの、ですの。学校ですの〜。ご主人様と、学校ですの〜」

「…………」

ウルザが馬車の中でおかしな歌を口ずさんでいる。

いったい何がそんなに嬉しいのか、子供っぽい顔には満面の笑みが浮かんでいた。

「……何故だろう。とんでもなく不安になってきたな。本当にコイツを連れていっても大丈夫なのか？」

「ですのですの〜、ぶっ殺ですの〜♪」

「…………」

ご機嫌なウルザとは対照的に沈痛な気分になってしまう俺であったが、それでも馬車は止まることなく学園へと俺達を運んでくれる。

○　○　○

「着きましたの！」

やがて学園へと到着した。ビョンっと馬車から降りたウルザの後に続いていくと、登校中の生徒から驚いたような視線が浴びせられる。

「あれって……」

「バスカヴィル家の……え、誰あの子？」

「何、あの子。かわいい……」

「でも首輪つけてるよ。頭に角もあるし……亜人の奴隷かしら？」

「む……」

思った以上の反響だ。多少騒ぎになることは覚悟していたが、どうやら想定以上にウルザの容姿は目立ってしまうようである。

「ここがご主人様の通っている学園……ご一緒できて嬉しいですの！」

「そうか……それはよかったな。俺は不安でいっぱいだが」

「それじゃあ、行きますの！　ウルザが先導しますの！」

「……お前は教室までの道を知らないだろうが。俺の後ろで大人しくしていろ」

注目の的になっているウルザは周囲の視線など気にすることなく、瞳を輝かせながら校庭を歩いていく。その無邪気な顔にはほっこりとさせられるよりも不安が強かった。

亜人大陸という人外魔境の出身者であり、さらに戦闘民族として生まれ育ったウルザが、はたして学園での集団生活にうまく順応することができるのだろうか。

「いや……大丈夫だ。さっき散々、言い聞かせたし、それにあくまでも俺のお付きとして通うんだ。生徒として通うわけでもないし、トラブルなんて起こるわけがないよな……うん」

俺は自分に言い聞かせて、「ふー」と深呼吸をした。

そんな俺の袖を引いて、ウルザが上目遣いで顔を覗き込んでくる。

「ご主人様、どうかしましたの？　お腹でも痛いですの？」

「……いや、問題ない。ちょっと考え事をしてただけだ」

心配そうな表情になっているウルザの頭を軽く撫でて、俺は校舎に向けて進んでいく。当然、チョコチョコとした足取りでウルザも後ろに付いてくる。

こちらからトラブルに近づくような真似はしない。ウルザは俺の言うことはちゃんと聞いてくれるし、何も問題はないはずだ。

そのまま校舎に向かって足を進める俺であったが……一つだけ、重大なことを失念していた。

トラブルというのは必ずしも、自分の方から近づくようなものではない。トラブルの側からやってくる場合もあるのだ。

「おい！　バスカヴィル！」

「あ？」

背中にかけられた鋭い声。俺は顔をしかめて振り返る。

この学園に急に呼び捨てにしてくるような友人はいなかったはず。振り向いた先にいたのは、やはり友人などではなかった。

「その女の子は何だ！　そんな小さな子に首輪を着けて奴隷にするなんて……見損なったぞ、この悪党め！」

指を突きつけてそう言い放ったのは、学園の制服を着た金髪の男である。

学年首席の秀才にして、『1』の主人公――正義感に瞳を燃え上がらせる青年、レオン・ブレイブであった。


「失念していた……コイツがいたな」

レオン・ブレイブという男は非常に正義感の強い人間である。

ゲームでは一度会っただけの女の子を救い出すため、命懸けでモンスターと戦うシーンだってあるのだ。

目の前で年端もいかない幼女が首輪を着けられて奴隷として扱われている。そんな場面を見逃すことなどできるわけがない。

「先日のダンジョンではクラスメイトを助けてくれて、そんなに悪い奴じゃないと思っていたのに……やっぱりお前は悪党だったのか、バスカヴィル！」

ビシリと指を突きつけてくるレオンの後ろには、幼馴染のシエル・ウラヌスの姿もあった。

気の強そうなブラウンの瞳がレオンの背中越しに俺を睨んできている。

「チッ……鬱陶しいな」

さて、この展開をどう処理したものだろうか。

ゲームのシナリオ通りに進めば、いずれレオンが魔王を倒して世界を救ってくれる。

その後、ゼノンによるヒロインの寝取り行為がなければ、世界は平和になったまま全てが丸く収まるはずだ。

俺としては……ガーゴイルの一件のように目の前で人が死ぬような事態が起こらない限り、レオンと関わってシナリオに干渉するような真似をするつもりはなかった。

それなのに、どうしてレオンの方から関わってくるのだろう。天を呪いたくなるような心境である。

「……やはりゲームと現実は違うな。想定外のことばかりが起こりやがる」

「何の話をしている！　その女の子を解放しろ！」

思い悩んでいる間にも、レオンはヒートアップしてこちらに詰め寄ってくる。

俺は仕方なしに「コホン」と咳払いをしてから口を開いた。

「確かに彼女は奴隷だが……それに何の問題があるんだよ。レオン・ブレイブ」

冷たい目でレオンを睥睨して、俺はわざとらしく髪を掻き上げた。

「こいつはきちんとした手続きを取り、合法的に購入して俺の奴隷になった。それに、この学園では貴族や王族が従者を同行させることは校則で認められていたはずだ。俺はルールに違反していない。お前に文句を言われる筋合いなどない」

「何だと!?　お前は恥ずかしくないのか、そんな年端もいかない女の子を奴隷にするなんて……！」

「学園のルールの問題じゃないわよ！　小さな子供を奴隷にするなんて、人として間違っているわ！」

レオンに追従して、幼馴染みヒロインのシエルまでもが怒鳴り散らしてくる。

シエルも正義感が強く、特に女性や子供が酷い目に遭うことに強い反感を抱くタイプだった。

絶対に許せないとばかりに眦《まなじり》を吊り上げている。

「……許せないならどうする？　無理やり、力ずくでコイツを取り上げて奴隷から解放するのか？　それが犯罪だってことはわかってるよな？」

スレイヤーズ王国では奴隷は公に認められた財産だ。それを強引に奪い取る行為は『窃盗』や『強盗』の罪にあたる。

そのことを指摘してやると、レオンとシエルは揃って悔しそうに黙り込んだ。

けれど、俺の言葉に納得したわけではないらしく、なおも食い下がる。

「……いくらだ？」

「あ？」

「いくら払えば彼女を僕に売ってくれる？　いくらで彼女を奴隷から解放するんだ？」

「はあ……」

俺は深々と溜息をついた。

そうだ、レオン・ブレイブという男はこういう奴なのだ。

勇者の子孫として復活した魔王を倒すことだけを考えていればいいものを、余計なトラブルに首を突っ込んで金と時間と労力を食って、変に遠回りをしてしまう。

弱い者の犠牲を必要な物として受け入れることができない。そういう性格なのだ。

「いや……ＲＰＧの主人公なんてそんなものか。余計な遠回りを愉しむのがゲームだもんな。本当に、うんざりするほど正しい主人公だよ」

「…………？」

「論外だ。さっさと失せろ」

不思議そうな顔をしているレオンへ、俺は追い払う仕草で手を振った。

金の問題ではない。俺にとってウルザは必要な戦力なのだ。どれだけ金を積まれたところで手放すつもりなどなかった。

「いくら出してもこいつは売らない。これは俺の奴隷。俺の大切な部下であり従者だ」

「そんな……！」

「じゃあな。また教室で会おう」

俺は一方的に会話を打ち切って、身体を翻した。

そのままさっさと校舎に向かおうとするが……肩をガッチリと掴まれて強制的に停止させられる。

「この……ここまで言ってもまだわからないのかよ！　馬鹿野郎！」

「なっ……！」

強引に振り返らされた俺が目にしたのは、怒りの表情で拳を振り上げているレオンの姿であった。

直情的で向こう見ずな男であったが、まさか公衆の面前で暴力に訴えてくるとは。主人公の正義感を甘く見ていたようである。

「チッ……！」

俺は甘んじて抵抗せず、そのまま殴られようとする。

周囲には大勢の人目がある。いくら俺が悪人顔であったとしても……このまま無抵抗で暴力を受ければ、さすがに悪いのはレオンの側ということになるだろう。

処分として、俺に必要以上に関わらないように学園側に申し出ることができるかもしれない。

「…………！」

俺は歯を食いしばって拳を顔面で受け止めようとする。目を閉じて衝撃に備えた。

「ご主人様に手を出すのは許しませんの！」

だが……そこでまたしても、予想外の事態が勃発した。

俺が殴られるのを良しとしない者が、その場にはいたのである。

「へ……？」

呆けた声を漏らすレオンめがけて、憤怒に可愛らしい顔を歪ませたウルザが鬼棍棒を振り下ろす。

「うわああああああああっ!?」

己の頭部に向かって迫りくるトゲ付きの金棒に、レオンは驚愕の叫びを上げた。

それでもさすがは主人公の勇者である。そのまま無様に殴られるようなことはなく、俺の肩を掴んでいた手を放して後ろに飛んだ。

金棒が空を切って地面に叩きつけられた。舗装された校庭の地面が割れて、大きなヒビ割れが生じる。

ウルザはすぐに顔を上げて、キッと後方に下がったレオンを睨みつけた。

「逃がしませんの！　ご主人様の敵はぶっ殺ですの！」

ウルザは再び鬼棍棒を構えて、後方に下がったレオンを追撃していく。迷いのない動きは明らかにレオンを殺す気だった。

レオンはブンブンと手を振って制止の声を張り上げる。

「ま、待ってくれ！　僕は君を助けようとしていたんだ！　落ち着いて話を……！」

「臓物ぶちまけろ、ですの！」

「ちょ……うわあっ!?」

レオンが慌てた様子で腰の剣を抜いて、横薙ぎに振るわれる一撃を受け止める。

ガキンと重々しい音が鳴った。小柄な体格とは裏腹に恐るべき腕力を誇るウルザに、レオンは愕然と目を見開く。

「や、やめ、待ってくれ……！　僕は君の敵なんかじゃない。君を奴隷から解放したいだけなんだ！」

「そ、そうよ！　レオンは貴女の敵じゃないわ！　お願いだから話を聞いて！」

「問答無用ですの！」

レオンとシエルが二人がかりで説得を試みるが……ウルザは聞く耳持たずに金棒を振り回す。

標的にされたレオンはぎゃあぎゃあと悲鳴を上げて逃げ回った。

「うわ、怖っ…………………って、呆けてる場合じゃねえ！」

ウルザの暴れっぷりにしばし現実逃避をしていた俺であったが、さすがにこれ以上は放置するわけにはいかない。暴れる従者を止めに入ろうとする。

「ちょ……待て、ウルザ！　一回止まれ！　お座り！」

「ご主人様の敵は殺しますの！　ぶっ殺ですの、超殺ですの！」

「おいこら！　主人の話を聞け！」

どうやらウルザは戦闘になると周囲が見えなくなるタイプのようである。やはり戦闘民族だと感心すればいいのか、それとも狂戦士っぷりに呆れればよいのか。

「ちょ……これって不味いんじゃ……」

「私、先生呼んでくる！」

「逃げろ！　巻き込まれるぞ!?」

暴れ狂う少女にギャラリーからも悲鳴が上がる。

はたして、騒ぎを聞きつけた教員が駆けつけるのが先か。はたまた、レオンが金棒に潰されるのが先か。

「くっ……是非もないか！」

こうなったら仕方がない。巻き込まれるかもしれないが、ウルザの身体を羽交い締めにしてでも止めるしかない。

保護者として、主としての責任だ。怪我をしてでも強引にウルザを止めなければ。

「……こんなところで主人公を死なせるわけにもいかない。腹を括れよ、俺！」

俺は決死の覚悟を決めて、ウルザの小さな身体めがけて飛びかかろうとするが……それよりも先に、このドタバタな乱闘劇に決着がつくことになった。

「チェスト、ですの！」

「く、このっ……」

上段から振り下ろされた一撃。レオンは頭上に剣を構えて受け止めた。

しかし、そこでウルザの攻撃は終わらない。レオンの両手が防御に使われている隙を見て、下から蹴撃を放ったのである。

「潰れろ、ですの！」

「ぐひっ……！」

「あ……」

「うわ……」

ウルザのつま先がレオンの両脚の間……すなわち、股間部分に突き刺さる。

俺が、シエルが、周囲で騒動を見守っていた登校中の生徒らが言葉を失い、まるで時間が停止したように音が消える。

俺も含めて、様子を見ていた男子全員が顔を引きつらせて自分の股間を手で押さえた。

「ひ、ぎゅ……あ、あぽっ……」

レオンの口からおかしな声が漏れ出した。剣を手放して、膝を屈して地面にうつぶせに倒れていく。

そんなレオンめがけて、ウルザが鬼棍棒を掲げる。

「トドメですの！」

「待て待て待て！　ステイだ、ステイ！」

「はうっ、ご主人様!?」

ウルザの身体に抱き着き、動きを制止する。

俺の腕の中でもぞもぞと鬼人族の少女は身をよじるが……振り払う様子はない。

「こ、こんなところで子供を作るですの？　お日様が出てるし、恥ずかしいですの……」

「何を愉快な勘違いをしてやがる……この暴走娘が」

ウルザは「やんやん」と恥ずかしそうに首を振っている。

そうこうしていると、ようやく校舎の方から教師が走ってきた。

朝の校庭を騒がせた乱闘は、こうして主人公の尊い犠牲と引き換えに幕を下ろしたのである。

○　○　○

駆けつけた教員によってその場は収められた。股間を負傷したレオンは教員らによって医務室に運ばれていき、俺はウルザと共に生徒指導室へと連行されることになった。

幸いなことに、厳重注意以上に処分を受けることはなかった。他の生徒からの証言によって、先に手を出したのがレオンの方であることが明白だったからである。

レオンは力ずくで奴隷を解放しようとした。それは即ち、奴隷という財産に対する強盗行為だ。ウルザがレオンを叩きのめしたのも、見ようによっては正当防衛と考えられる。

ましてや、俺はバスカヴィル侯爵家という王国において強い力を持っている貴族の嫡男である。

対するレオンは勇者の血筋という由緒ある家系ではあったものの、身分は平民でしかなかった。シエルの生家であるウラヌス伯爵家の後見を受けているとはいえ、犯罪行為が許されるわけがない。

学園側も今回の問題を大事にはしたくなかったようだ。レオンの強盗行為を追及しないことを条件として、ウルザの暴走についても不問となったのである。

俺はウルザにくれぐれも暴れないように再び注意をして、教室へと向かった。

すでに一限目の授業は終わっており、二限目が始まる前の休み時間となっている。教室に入るや、クラス中の視線が突き刺さってきた。

「あれって……」

「そうそう、突然暴れたって……」

「ブレイブ君が止めようとして怪我をしたって……」

どうやらクラスメイトには俺が悪いように伝わっているようである。

ブレイブは明るい性格からクラスでも人気があり、対する俺は悪人面の嫌われ者だ。この扱いも仕方がないのかもしれない。

「おーい、バスカヴィルー」

「あ？」

肩をすくめて空いている席に向かおうとするが、クラスメイトの一人に名前を呼ばれた。声の方に目を向けると、先日ダンジョンでガーゴイルから助けたジャンが手を振っていた。

ちょうどジャンの前の席が二つ空いている。無視をするのも不自然なので、ウルザと並んでそこに座る。

「よう、バスカヴィル。今朝は大変だったらしいな」

「……何の話だ」

「ブレイブに絡まれたんだろ？　災難だったな」

どうやらジャンは、レオンの側から俺に絡んできたことを知っているようである。

「アイツの気持ちもわかるけどなー。そんな可愛い子に首輪を着けて歩いていりゃあ、絶対に犯罪だと思うぜ。タダでさえ、そのツラだもんな」

「放っておけよ。顔はどうしようもねえだろうが」

「ははは、顔立ちは整っているのに、何でそんなに凄味があるんだろうな。不思議だぜ」

ジャンの口ぶりからは遠慮というものが消えている。

どうやらダンジョンで命を救われたことにより、『悪人顔』や『邪悪なバスカヴィル家』という色眼鏡を外して俺のことを見てくれているようだ。

「わあ……この子、可愛い！」

「ふあっ、ひっつくなななのです！」

ジャンの隣に腰かけていた女子生徒――恋人でありパーティーメンバーでもあるアリサが、後ろの席からウルザに抱き着いた。

ウルザはバタバタと鬱陶しそうに手足を振っているが、先ほど暴れないように厳命しておいたためか、あまり強く振り払えないようである。

「ねえ、バスカヴィル君。この子ちょうだい？　お部屋に飾るー」

「……お手柔らかにしてくれよ。そいつ、魔大陸の出身で人慣れしてないんだから」

「あーん、亜人ってこんなに可愛いんだー。私も飼いたーい」

完全に動物扱いである。これは果たして人種差別なのだろうか。

ウルザの頭にスリスリと頬を擦り寄せているアリサに、ジャンが苦笑しながら腕を組んだ。

「こいつって小動物とか好きなんだよなー。あ、いや、別に亜人を動物扱いしてるわけじゃなくてな」

「いや、わかっている。好意的に捉えてくれるだけでありがたい」

俺は嫌われ者で悪人面のバスカヴィル。ウルザは亜人で奴隷で、先ほど暴れてクラスメイトを負傷させたばかり。

こんなふうに何気ない会話をしてくれるだけでも、有難いというものだ。

そうして世間話に花を咲かせていると、教室の扉が外から開けられた。二限目の教師が入ってきたのかと思いきや、扉から入ってきたのはレオンの幼馴染のシエルである。

「っ……！」

シエルは烈火のような目でこちらを睨みつけて、ずかずかと乱暴な足取りで教室に入ってきて手近な席へと腰かけた。

ジャンが同情するような目で、俺の肩を叩いた。

「あー……随分と恨まれてるみたいだな。怖いぞ、女の恨みってのは」

「他人事だと思って、好き勝手言いやがる。俺のせいじゃないんだけどな」

一方的に絡んできたのはレオン。好き勝手に暴れたのはウルザだ。俺の監督責任がないとは言えないが、こんなふうに根に持たれるのは心外だ。

俺がガックリと肩を落とすと、同時に再び教室の扉が開かれて、今度こそ教師が入ってきた。

「そろそろ離すですの！」

「ああん！　ウルザちゃーん！」

ウルザに振り払われたアリサが涙目で声を上げ、それが合図になったかのように二限目の授業が始められたのであった。

○　○　○

結局、レオンは教室に戻ってこなかった。それどころか、翌日も翌々日も学園を欠席した。

どうやらウルザの金的蹴りが相当響いたようである。怪我は治癒魔法で治っているはずだから、精神的なショックが大きいのかもしれない。

主人公であろうが、ラスボスであろうが、急所を蹴り潰されて無事でいられるわけがない。

レオンも復帰にはまだ時間がかかりそうである。


「……無理もないか。男の子だもんな」

昼休み。学食の椅子に座った俺はやや同情気味につぶやいた。

俺が座っているのは長方形の四人掛けテーブルである。隣にウルザが座っており、対面にはジャンとアリサが陣取っていた。

『玉蹴り事件』から一週間ほど経ったものの……まだレオンは登校してこない。鬱陶しい主人公がいないおかげで平穏な学園生活が続いている。

幼馴染みヒロインであるシエル・ウラヌスは相変わらず睨みつけてくるものの、積極的に絡むつもりはないようだ。俺に話しかけることすらなかった。

さらに、ウルザを購入したことは周囲に対して良い影響があったらしい。小さな鬼人の愛らしさによって俺の悪人面が緩和されるらしく、ジャンやアリサをはじめとして、俺に話しかけてくれるクラスメイトが増えたのだ。

これ見よがしに陰口を叩く連中も減っており、わずかではあったものの、クラスに溶け込むことができた気がする。

色々と騒動を起こしてくれたが……改めてウルザを購入してよかったと思う。

「お肉、美味しいですの！」

そんなウルザであったが、すでに食事を終えた俺の隣でモリモリと料理をかっこんでいる。鬼人族という種族柄なのか、ウルザは見た目に反して非常に大食いだった。五人前の食事を気持ちよく食べる姿にはいつもながら舌を巻かされる。

小さな身体に山盛りの肉を詰め込んでいく見事な食いっぷりに、対面に腰かけているアリサが華やいだ声を上げた。

「あーん、ウルザちゃんが食べるところ豪快で可愛い！　ほっぺに詰め込んでるのがハムスターみたい！　これも食べていいよ、こっちも美味しいからね！」

「むう……ありがと、ですの」

ウルザは差し出されたカップケーキを一口で頬張った。

少し前から、アリサをはじめとした一部の女子が、ウルザにデザートや菓子類を献上して餌づけするようになっている。

ウルザは子供扱いされていることに不服な顔をしているが、食欲に負けて不承不承に受け取っていた。

頬をいっぱいにして咀嚼するウルザを眺めていると、対面の椅子に座っていたジャンが「それにしても」と口を開く。

「ブレイブの奴、今日も来なかったな。まーだ落ち込んでるのかね」

「……無理もないだろう。子供に股間を蹴っ飛ばされて、子供を作れない身体にされそうになったんだからな。俺ならトラウマになる」

「あー……そだな」

ジャンが顔を引きつらせながら、手で自分の股間を押さえる。

他人事ながら、アレは背筋が凍るような戦慄の光景だった。当事者であるレオンがダウンしているのも仕方がない。

「だけど……アイツも馬鹿だよな。他人の奴隷を奪おうとするとか。何を考えてるのかねー」

「…………」

ジャンの疑問に、俺は無言でお茶をすする。

同じ疑問は俺だって抱いていた。レオンは確かに正義感が暴走するタイプの熱血主人公であり、後先考えずに感情で行動することがしばしばあった。

だが……ここまで馬鹿なことをしでかすとは予想もしなかった。

「アイツは直情馬鹿だけど、もっと頭の良い奴だと思ってたんだがな。何でこうなっちまったのかね」

今のレオンがゲームと別人であるとは思わない。

法律的な問題はともかくとして……奴隷にされている子供を救い出そうとするのは、いかにもお人好しのレオンらしい行動だった。

ただ……異なっているのは、やはりこれがゲームではなく現実ということだろう。

ルールに囚われることなく自分の意志を貫く主人公。それはマンガやゲームの世界であれば破天荒で魅力的に映るかもしれない。しかし、現実で身近な存在であったとすれば、それは非常に面倒な人間である。

自分が正当な手段で得た物を、個人の正義感などという一方的かつ理不尽な理由で否定して奪いにかかるのだ。実際に被害を受ける側からしてみれば堪ったものではなかった。

現実は物語のように、善と悪で二分することができるほど単純ではない。世界には黒でも白でもないグレーゾーンが広がっている。正しくなくとも間違ってはいないグレー側の人間まで、ヒーローの主観で黒く塗りつぶされるなど迷惑極まりないことだった。

俺は鬱屈した溜息を吐きながら瞼を開き、ジャンに向けて皮肉げに口端を吊り上げた。

「……アイツは真面目で不器用すぎるんだよ。世の中、見て見ぬふりしてスルーしなくちゃいけないこともある。それが社会性ってもんだろう？」

「なるほど……そうかもな。ま、ブレイブは馬鹿だけど悪い奴だとは思わねえけどな」

「それは俺も同感だ。いつかわかり合える日が来て欲しいもんだよ」

確実に魔王を倒すためにも——そう口の中でつぶやいて、俺は残っていたお茶を一気に飲み干す。

隣ではウルザが三つ目のカップケーキを受け取って口に放り込んでおり、口の周りをクリームでベトベトにしていたのであった。


昼食を終えた俺はそのまま教室に戻ることにした。後ろからはちょこちょことした足取りでウルザがついてきている。

ジャンとアリサはここにはいない。恋人同士である二人は食後のイチャイチャタイムに入ってしまったらしく、邪魔にならないようにそっと食堂を出てきたのだ。

「ん……？」

ふと廊下の窓から外を見ると、校庭の片隅で数人の男女が揉めていた。『男女』とは言ったものの、集団の中で女は一人。残る三人は全員男だった。

「なあ、いいだろう？　俺のパーティーに入ってくれよ！」

「絶対に損はさせないって。俺達は前衛。君はヒーラーだからちょうどいいだろ？」

「今回の探索だけでもいいんだよ？　お試しでどうかな？」

「その……殿方だけのパーティーに入るのはちょっと……」

男達から向けられるやや強引な勧誘の言葉。どうやら女性をダンジョンに潜るパーティーに誘っているようだ。

勧誘された女性は首を傾げながら、困ったように眉をへの字にさせている。窓から見える端整な横顔は知っている人物だった。

メインヒロイン三巨頭の一人。【僧侶】という回復職で『セントレアの聖女』などと呼ばれているエアリス・セントレアである。

「このイベントは、ひょっとして……」

俺は記憶を探り、「ふむ」と頷いた。

この光景には見覚えがあった。これはエアリスがレオンの仲間に加わるフラグとなるイベントである。

貴族の生徒から強引に勧誘をされて、困り果てているエアリス。そこに偶然居合わせたレオンが彼らの間に割って入り、エアリスを助けるのだ。

『悪いな。セントレアさんは僕のパーティーに入ることが決まっているんだ』

貴族を相手に恐れず言い放ち、エアリスの手を引いて校庭から連れ出すレオン。その勇気にエアリスは淡い好意を抱くようになり、それがきっかけとなってヒロインとして親しくなるのだ。

「あったな。こんなイベント……」

ゲームで起こったイベントが目の前で起こっているのは、妙に感慨深いものがある。

俺はしみじみとゲームを思い出しながら、邪魔をしないようにその場を立ち去ろうとした。

二歩三歩と廊下を進んでいき……ふと、その場に立ち止まる。

「あ……？」

「ふあっ!?　ご主人様？」

急に止まったせいで、ウルザが俺の背中に顔をぶつけてしまう。

しかし、俺はそんなことは気にする余裕がないほど強い焦燥に襲われた。

「しまった……あの野郎、今日も欠席じゃねえか！」

慌てて振り返って窓に駆け寄る。

校庭の片隅では依然として、エアリスが男子生徒に囲まれていた。レオンが助けに入る様子はない。

当然だ。主人公であるレオン・ブレイブは『玉蹴り事件』の影響によって、今日も学園を休んでいるのだから。

「不味いな……これ、どうなっちまうんだ？」

「いいじゃん、いいじゃん！　ずっと付き合ってくれって言ってるわけじゃない！　次のダンジョン探索だけ組んでくれればいいって！」

「なあ、一度くらいいいじゃないか。俺の父親は伯爵だぜ？　君のお父上であるセントレア子爵殿とだって懇意にしているんだから。仲良くしようぜ」

「……そうですね、わかりました。今回だけならばお付き合いいたします」

父親の名前を持ち出されたのが決め手となったらしい。エアリスは渋々といったふうに頷いてしまう。

「……臨時ではありますけど、皆様のパーティーに入れていただきます。どうぞよろしくお願いいたします」

「そうこなくっちゃ！　これからよろしくな！」

「放課後、ダンジョンに潜ろうぜ！　今から打ち合わせだ！」

「…………はい」

男子生徒の一人――伯爵子弟である少年が、馴れ馴れしくエアリスの肩を抱いてどこかに連れていく。少年の指先は豊満なバストに触れているが、エアリスは唇を噛むだけで抵抗することなく連れ去られていく。

「おいおい……マジかよ」

まさかの展開。ヒロインがモブキャラに連れ去られてしまう。

彼らもエアリスも貴族であることを考えると、すぐに嫌らしいことをされたりはしないと思うが……それでも、明らかに少年達の顔には品性に欠ける情欲が見えていた。「あわよくば」という下心が丸わかりだ。

「……行っちまった。どうするんだよ、レオン」

歎息しながら、この場にいない主人公に向けてつぶやいた。

いつまでも玉を抱えて寝込んでいる場合ではないぞ。お前のヒロインが、名前も出てこないようなモブに寝取られようとしている。

ゼノン・バスカヴィルのような巨悪ですらない小物に大事なヒロインを寝取られるとか、さすがに笑えないぞ。

「これは……参ったな。本当に参った。面倒なことにならないといいんだが……」

これではエアリスがレオンの仲間にならないじゃないか。ますますあの主人公が落ちぶれてしまう。

俺は去っていくエアリス達を見送り、うんざりしたように頭を掻いたのであった。

○　○　○

その日の午後は自由授業だった。

教室で勉学にいそしむこともできるし、訓練場で剣や槍を振るってもいい。教員に申請すれば、学校の敷地から外に出てダンジョンを探索することも許されていた。

すでにクラスメイトの大半はチュートリアルダンジョンである『賢人の遊び場』を攻略している。これにより、自由に他のダンジョンに潜れるようになっていた。

ダンジョンの内部では何があっても自己責任が原則。それは学生の身分であっても変わらない。万が一に命を落としたとしても、学園側が責任を取ることはないと教員から説明されていた。

「チッ……面白くないな」

クラスメイトが次々と連れ立って教室から出ていく中、俺は机についたまま鬱屈した溜息を吐く。

頭に引っかかっているのは昼休みの光景。エアリス・セントレアのことである。

すでに教室にエアリスと、彼女を誘っていた男子らの姿はない。教室から出ていく際に彼らの会話が聞こえたのだが、『巌窟王の寝所』というダンジョンに向かったようだ。

『巌窟王の寝所』は王都から少し離れた場所にある洞窟型のダンジョンである。おもにゴーレムなどの岩石系のモンスターが生息しており、魔法使いと僧侶がいれば攻略は難しくない初心者向けのダンジョンだった。

あのダンジョンであれば、よほどのことがない限りは命の危険はないはずである。『よほどのこと』がなければ……。

「ああ、鬱陶しいなあ。悩んでも意味がないし……俺もどこかのダンジョンに行くか？」

俺は吐き捨てるようにつぶやいて、椅子から立ち上がった。

どうせ今日の予定は決まっていない。このまま教室にいたとしても陰鬱な気分になるばかりだし、適当なダンジョンにでも潜って狩りをするのがいいだろう。そうすれば多少は気も晴れるはずだ。

そう考えて教室から出ていくと、ウルザが小走りで隣に並んできた。

「ご主人様、これからどこに行きますの？」

「そうだな……遠出をするのも面倒だからな。学校の敷地内にある『賢人の鍛錬場』にでも行くか」

「え？　さっきの女の人を追いかけるんじゃないですの？」

「……おい、何でそうなるんだよ」

俺は立ち止まり、小さな背丈のウルザを見下ろした。

白髪の鬼娘は不思議そうに瞳をクリクリと動かして、俺のことを見上げてくる。

「だって……ご主人様、追いかけたそうな顔をしてますの。気になっているのですよね？」

「むう……それは、そうだが……」

俺は顔をしかめて、渋々と頷く。

まさかウルザに見抜かれているとは思わなかった。戦い以外には興味がなさそうなくせに、意外と人を見ているようだ。

「追いかけるなら急いだ方がいいですの。追いつけなくなりますの」

「……俺は追いかけるなんて言ってないぜ？　何か起こると決まったわけでもないからな」

俺は首を振りながらそう答えた。

実際、あの三人組がエアリスに悪さをするとは限らない。

彼らの勧誘は強引なものではあったものの、別にルールに違反していたわけではなかった。

爵位をほのめかすあたりスマートなやり方ではなかったものの、脅迫を明言したわけでもない。

あの程度の勧誘ならば、他の生徒だってやっていることだろう。

普通にパーティーを組んで口説くだけならば、文句をつける資格などあるわけがない。

「『巌窟王の寝殿』は難易度の高い場所でもない。よほど運が悪くない限り、俺の助けなんて必要ないはずだ。それに……」

それに、レオンのこともある。

メインヒロインであるエアリスを救う人間は主人公であるレオンでなければいけない。悪役主人公の出る幕ではなかった。

俺がエアリスを救い出してフラグを立てるなど、寝取り主人公への第一歩を踏み出すことになってしまう。

「だったら、どうしてご主人様はそんなに悩んだ顔をしていますの？」

「…………」

ウルザの言葉に、俺は黙り込む。

自分でもわかっているのだ。俺の心に迷いがあることを。エアリスを助けたいと思っていることを。

その選択肢を素直に選べないのは……ゲームのトラウマがあるからである。

俺はこの世界に転生する以前、一人のゲーマーとして『ダンブレ』をプレイしていた。

レオンの勇気に励まされ、ヒロインとの恋愛に心を躍らせながら、冒険の日々を楽しんでいたのだ。

それなのに……待望の続編で、ゼノン・バスカヴィルという悪役主人公によって全てが台無しにされてしまった。ヒロイン達はことごとく奪われてゼノンに弄ばれ、ヒーローとして憧れていたレオンは憎悪から魔王を復活させてしまう。

そんな展開を目の当たりにしたせいで、俺は『ゼノン・バスカヴィル』としてヒロインに関わることを恐れているのである。

「いっそのこと見て見ぬふりをしちまえばいいのに……俺も大概にお人好しだな。レオンのことを笑えねえ」

自虐して笑っていると、ウルザが俺の前に立ってふふんと小さな胸を張ってくる。

「ウルザは頭が悪いので、ご主人様が何を悩んでいるのかわかりませんの。だけど……鬼人族のことわざに『鬼が悩まば、まずは喰らいつけ』……という言葉がありますの！」

「……どういう意味だ？」

「悩むよりもまずはかぶりつけ。敵を喰い殺してから考えろ……なんて意味ですの。悩んでいないで、殴ってぶっ殺してから後のことは考えればいいですの。どうしても悩んでしまうのなら、とりあえず嫌いな奴を探して順番に殴ってみてはいかがですの？」

「……馬鹿すぎる。この戦闘狂種族め」

ものすごい脳筋だった。流石は戦闘民族というか鬼というか……頭が悪すぎて、いっそ清々しい。

清々しくて……笑えてくる。

「ふ、ククッ、ハハハハハッ……なるほど、くだらない言葉だが、確かに格言だな。お前と話していると、くよくよ悩んでいる自分が馬鹿らしくなってくるよ」

俺は笑いの衝動のままに肩を震わして、やがて長く息を吐いた。

「そうだな……たまには阿呆になってみるのも悪くないか。どうせ主人公は寝込んでいるんだ。シナリオやフラグを気にする必要もないな。レオンやお前を見習って、感情のままに馬鹿をやってみるのもいいかもしれない」

俺がヒロインと関わることでどんな影響が出るかは知らないが……あくまでも助けに行くだけで、別に寝取りに行こうというわけではない。

仮にシナリオに悪影響を及ぼしたとしても、そのツケを支払うのはレオンである。レオンが玉を蹴られたのは自業自得。休んだせいでエアリスのフラグを見逃したのも自業自得だ。そのせいで俺が頭を悩まされるなんて馬鹿馬鹿しいではないか。

「どう転んだって俺は悪役だからな。自分勝手に、好き勝手やらせてもらおうじゃないか！救いたい奴には手を差し伸べるし、気に入らねえ奴はぶっ潰す。シンプルでいいじゃないか！」

「はいですの！　それでこそウルザのご主人様ですの！」

俺は学園の外に出て『巌窟王の寝所』めがけて駆けだした。

暗い地の底につながっているダンジョンの入口へと、迷いのない軽い足取りで飛び込んでいったのである。

『ダンブレ』はダンジョンを攻略しながらヒロインと絆を深めていくことがテーマのＲＰＧだ。

そのため、舞台となっているスレイヤーズ王国にはいくつものダンジョンがある。

『巌窟王の寝所』もその一つであり、洞窟型のダンジョンにはゴーレムなど岩石型モンスターが多数生息している。

ウルザは鬼棍棒という打撃系の武器を使用するため、岩石型モンスターに対して特攻を持っている。力を振るうには絶好の場所だろう。

「潰れろ、ですの！」

「ギャアッ!?」

ウルザが棘のついた棍棒を振り上げて、目の前のモンスターに叩きつける。石の装甲を持つ大きな蜥蜴の頭部が破壊されて、ぐったりと地面に横たわった。

ウルザが戦っているのはストーンリザードという岩石型モンスターで、『巌窟王の寝所』の上層から中層にかけて多数生息している。

決して弱いモンスターではないが、ウルザは一撃で危なげなく倒している。打撃という岩石型モンスターの弱点を突いているとはいえ、なかなか見事な戦いぶりだった。

「やりましたの、ご主人様！」

「ああ、よくやった」

華やいだ声を上げて報告してくるウルザ。俺は白い髪の頭を軽く撫でる。

周囲にはストーンリザードの死骸が十数匹ほど転がっていた。倒したのは全てウルザであり、俺が手出しするまでもなかった。

さすがは勇者を叩きのめしただけのことはある。改めてウルザの強さに感心した。

「エアリスのパーティーとはなかなか会わないな……どうやら、もっと深い階層まで潜っているようだ」

『巌窟王の寝所』は全十階層のダンジョンである。現在はその中層にあたるのだが、まだエアリスらに追いつくことはできていない。

メインヒロインであるエアリスはもとより、あの三人組の男子生徒もそれなりに優秀なようだ。もっと深くまで潜っているのだろう。

「もう少し深くまで潜ってみるか。魔物も強くなってくるから気をつけろよ」

「わかりましたの」

階段を降りて下の階層に行くと、今度は石でできた熊のモンスターが出現した。

「ストーンベアー……！　こいつは強いぞ！」

俺は剣を抜いて、切っ先を敵に向ける。ようやく歯ごたえのある相手が出てきた。ここはウルザだけに任せておけない。俺の出番だろう。

そう思って前に出ようとするが、それよりも先にウルザが飛び出した。

「はらわたぶちまけろ、ですの！」

「あ……」

ウルザの鬼棍棒がうなりを上げて、ストーンベアーの右脚を粉砕する。モンスターの体勢が崩れたのを見て、ウルザが跳ねる。

「ぶっ殺ですの！」

ウサギのように飛び上がったウルザは、ストーンベアーの頭部を鬼棍棒で叩き割る。

石の巨体が地面に倒れて、そのまま動かなくなってしまった。

「やりましたの、ご主人様ー！」

「…………そうか」

「ほめてほめて」とばかりに走り寄ってくるウルザに、俺はなんとも言えない微妙な声で応じる。

ストーンベアーは序盤ではかなり手こずるモンスターのはずなのだが、ウルザはこれまた余裕で倒してしまった。

どうやらウルザのポテンシャルは俺が思っていたよりも高いようである。中盤の戦士職くらいはあるのではないか。

「頼もしい限りだが……俺の鍛錬にはならないな」

今回、このダンジョンにやってきたのはエアリス・セントレアのことが気になっていたからだったが、可能であればスキルの熟練度を上げておきたいとも思っていた。しかし、このままウルザの無双状態では俺の鍛錬にならない。

ガーゴイルとの戦闘以来、まともに強い敵と戦っていない。下層で強力なモンスターと遭遇する前に、少し肩慣らしをしておきたいところなのだが。

「仕方がないな……ウルザ、次の戦闘では俺が良いというまで下がっているように」

「ええっ!? そんな、ご主人様を危ない目に遭わすわけにはいきませんのっ！」

「これは命令だ。拒否は許さない」

「あうう……」

ウルザは小動物のように瞳をウルウルとさせて、上目遣いで見つめてくる。

そんな目で見られてもダメなものはダメだ。俺は溜息をついて、肩をすくめた。

「そんなに俺が信用できないのか。俺はお前に守られなければ何もできないような雑魚じゃないぜ？」

「ガアアアアアアアッ！」

「お？」

ちょうどいい場面で新しいストーンベアーが現れた。

俺の力を見せてやるとばかりに前に出る。

「フッ！」

「ガアッ!?」

振り下ろされた爪を軽やかなステップで躱し、相手の胴体を剣で斬りつけた。

怒ったストーンベアーがさらに攻撃を放ってくるが、こいつの攻撃モーションは全て把握している。相手の攻撃をかすらせもせず、軽々と避けていく。

「グルルルルルッ！」

ストーンベアーが四つん這いになり、グッと後ろ脚に力を込める。

これは突進攻撃のモーションだ。俺はあえて背後に壁があるような位置に移動した。

「ガアアアアアアッ！」

ストーンベアーが勢いよく突進してきた。ヒグマは時速四十キロで走ることができると聞いたことがあるが、こちらも負けてはいない勢いである。

「よっと」

「ギャンッ!?」

しかし——俺はひょいと上方に飛んで、突進をいなした。勢いを緩めずに突き進んできたストーンベアーが、背後にあった壁に頭から衝突する。

頭をぶつけてふらふらとよろめくストーンベアー。俺はその背中に、上から容赦なく剣を突き刺した。

「ガッ……」

首の後ろ——弱点部位を攻撃されたストーンベアーが倒れ込み、それきり動かなくなる。

俺は剣をしまい、ウルザを振り返った。

「どうだ。心配いらなかっただろ？」

「流石ですの！　ご主人様！」

ウルザが賞賛の言葉と共に抱き着いてきた。そのまま俺の胸に顔をうずめて、匂いでも嗅ぐようにスンスンと鼻を鳴らす。

随分と大げさな反応である。いったい、どれほど俺を情けない奴だと思っていたのだ。

「やっぱりご主人様はお強いですの。私の主にふさわしいですの！」

「お前に言われるとちょっと嫌味だな。まあ、悪い気分ではないが」

しかし――魔法を使うことなくソロで中級クラスのモンスターを倒したのだ。多少は自分の強さに自信を持ってもよさそうだ。

俺はまだスキルの熟練度という点では未熟なのだが、ゲームの知識や技能のおかげで格上の相手でも優位に戦うことができている。

自分よりも強いモンスターを倒せば、それだけ熟練度も上がりやすい。この調子ならば、すぐにダンジョンを踏破できるくらいまで成長することができるはずだ。

「とはいえ……油断は禁物だな。この程度じゃ魔王や側近には通用しない。それに……ダンジョンには『デンジャラスエンカウント』の心配もあるからな」

驕らないよう己に言い聞かせて、俺はウルザを連れてさらに奥へと進んでいった。

それから何度かストーンベアーや、それよりも強いロックゴーレムなどのモンスターに遭遇したが、俺とウルザで問題なく倒すことができた。

さらに奥まで潜っていき、やがて俺達は『巌窟王の寝所』の八階層まで到達する。ダンジョンの最深部は近いのだが、まだエアリスの姿はない。

ひょっとしたら、どこかで追い抜いてしまったのかもしれない。すでに彼らはダンジョンの外に引き返しているのではないか。

「きゃああああああああっ！」

「ッ……!?」

ダンジョンの奥から空気を切り裂くような悲鳴が響いてきた。甲高い女性の声である。

俺とウルザが声がした方向を向いた。引き上げるべきか考えていた矢先の悲鳴に、揃って目を険しくさせる。

「クソッ！」

「何であんなモンスターがいるんだよ！」

声がした方向から三人組の少年達が走ってきた。鎧を身に着けて武装した彼らの顔には見覚えがあった。数時間前に学園でエアリス・セントレアをナンパ……もとい勧誘していた男達だ。

ナンパ男らは俺の姿にギョッとした顔になったが、構わず横をすり抜けていこうとする。

「シャドウ・バインド」

「うわあっ!?」

しかし、俺が放った魔法によって動きを止めることになった。足元から影の触手が這い出してきて彼らを拘束する。

「おい、お前ら。ちょっと止まれ」

「お、お前はバスカヴィル!?　どうしてお前が……!?」

「そんなことよりも質問に答えろ。どうしてお前らは走ってきた？　それに、彼女……エアリス・セントレアはどうした？」

「お、俺達はアイテムと素材集めのためにダンジョンに潜ってただけで……」

「し、しょうがなかったんだ！　あんな強いモンスターが出てくるなんて！」

「そうだ！　置いてくるつもりなんてなかったんだ！　だけど……」

「チッ……」

俺はすぐに状況を察して、舌打ちをした。

どうやら彼らは予想外に強力なモンスターと遭遇してしまい、エアリスを残して自分達だけで逃げだしてきたのだ。

「行くぞ、ウルザ！」

「はいですの！」

俺はすぐさま踵を返して、ダンジョンの奥へと向かおうとする。

回復職であるエアリスが、たった一人で窮地を脱してこられるとは思えない。すぐに駆けつけなければ命に関わるだろう。

拘束された少年達を放っておき、そのまま奥へと進もうとする。

「ま、待ってくれよ！」

「この魔法を解除してくれ！　逃げられないじゃないか！」

「知ったことか。馬鹿が」

俺は吐き捨てて、振り返ることなく走っていく。

この辺りのモンスターはあらかた倒してしまっている。運が良ければ、拘束魔法の効果時間が切れるまで無事でいられるだろう。

運悪くモンスターに見つかってしまったとしても、仲間を……それも強引に勧誘した女性を見捨てて逃げ出すような連中の命などどうだっていい。

俺は迷うことなく、奥へ奥へと進んでいった。

しばらく進んでいくと、少し開けた場所に出る。

そこにいたのはエアリス・セントレアと、一体のモンスターだった。

「あれは……よりにもよって、ギガント・ミスリルか！」

見覚えのあるモンスターの姿に、俺は奥歯を噛んで唸った。

視線の先では輝く青銀色のゴーレムが、エアリスめがけて拳を振り下ろしている。

エアリスは聖魔法の一つである『サンクチュアリ』という魔法を使用しており、半球状のバリアーによって敵の攻撃を防ぎながら必死な様子で祈りを捧げている。

サンクチュアリは聖属性の僧侶が使用できる結界で、一定時間相手の攻撃を防ぐことができる魔法である。

強力な防御魔法であったが、結界に守られている間は動くことも他の魔法を使用することもできず、効果時間も長くはない。

ギガント・ミスリルが繰り返し結界に拳を叩きつける。すでに半透明のバリアーは消えかかっており、効果時間が残っていないことは明白だった。

「ダークブレット！」

「ガッ？」

黒い弾丸がギガント・ミスリルの頭に着弾する。

初級魔法による攻撃はまるでダメージにはなっていないが、注意を引くことには成功した。青銀色のゴーレムは結界を殴るのをやめて、こちらに顔を向けてきた。

「貴方は……バスカヴィル様!?」

突然の闖入者に、エアリスが顔を上げて驚きの声を漏らした。

大きな瞳がこれでもかと見開かれ、少し離れた場所にいる俺を凝視している。

「逃げてください！　このモンスターには敵いません！」

「……この状況で『助けて』じゃなくて『逃げて』ときたか。本当にお前はゲームと変わらないんだな」

俺は歎息しながら、状況も忘れて笑ってしまう。

エアリス・セントレアは非常に心優しく、自己犠牲の精神に溢れた女性なのだ。我が身を犠牲にして他者に献身することが己の存在意義だと思っているのか、困っている人がいたら命すらも犠牲にして助けようとしてしまう。

おそらく、こうしてギガント・ミスリルに攻撃されていたのも、あの三人組を助けるためにあえて自分が囮になった結果なのだろう。

「エアリス・セントレア、お前のそういうところは昔から尊敬できたが……同じくらいムカついてたよ！」

「ガガガガガガガガガッ！」

俺は振り下ろされたギガント・ミスリルの拳を躱して、エアリスのもとへと駆け寄った。

「ウルザ、少しの間時間を稼げ！　無理に攻めずに回避に専念しろ！」

「はいですの！」

ウルザは命令された通りに、左右に動いて敵の注意を引き付ける。ギガント・ミスリルは攻撃力こそ高いものの、命中率は非常に低い。ウルザほどのスピードと戦闘センスがあれば、体力が尽きるまでなら避け続けることは難しくない。

俺がたどり着くのと同時に、エアリスの結界が解除される。精根尽きたとばかりに倒れ込むエアリスの身体を抱き起こす。

「おい、大丈夫か⁉」

「う……」

エアリスが弱々しくうめく。

出るところがはっきりと出たグラマラスな肢体の彼女であったが、こうして抱きかかえてみると驚くほど細くて軽い。

こんな身体でたった一人で戦ってきたのか。誰かを助けるために。己を犠牲にしてまで。

「逃げて……私のことは構いません。このままじゃ、あの子や貴方まで死なせてしまう……どうか私のことは放っておいてくださいませ……」

「まだそんなことを言ってんのかよ、お前は……」

エアリスは弱々しく俺の肩を掴んで、またしても逃げろと訴えてくる。

俺は若干、苛立ちながら、エアリスの口に回復薬のビンを押しつけて強引に液体を嚥下させた。

どうやら、あのデカブツを叩き壊す前に、目の前の馬鹿な女に説教をしてやる必要がありそうである。

俺はエアリスの肩をグッと握り締めて口を開いた。

「この阿呆が。誰がお前の言うことなど聞いてやるものか」

「え……？」

まさか拒否されるとは思っていなかったのだろう。一刀両断する俺の言葉に、エアリスは目を白黒とさせた。

「で、でも……このままでは貴方達まで死んでしまいます。どうか私なんかのために死なないでくださいませ……！」

「『私なんか』だと？　随分と自己評価が低いじゃねえか。まるで自分の命に価値がないみたいに聞こえるぜ」

「それは……」

エアリス・セントレアという少女がどうしてここまで自分を犠牲にするようになったかというと、彼女の母親が原因である。

子爵令嬢であるエアリスは、幼少の頃に母親と馬車で街道を移動している最中に盗賊に襲われてしまった。

護衛やお付きが次々と殺されていく中、エアリスの母親は娘を守るために結界を張った。

結界魔法は時間経過と共に魔力を消耗する。このままでは、自分の可愛い娘が殺されてしまう——そう思った母親は、魔力が尽きた後も命を削ることによって、強引に結界の効力を引き延ばしたのだ。

結果、巡回していた警備兵が駆けつけるまで娘を守ることに成功したが、それと引き換えにそのまま命を落としてしまった。

母親の命と引き換えに生き残ったエアリスは自分の命を軽んじるようになってしまい、他者のために我が身を投げ出すようになってしまったのである。

「俺は『我が身を犠牲にして』とか、そういう自己犠牲が一番嫌いなんだよ！　生きられる奴が自分の命を投げ出すとか、幸せになれる奴が目の前にあるチャンスをふいにするとか、馬鹿にするのもいい加減にしやがれ！　舐めてんのか!?」

「で、でも私は神に仕える人間で……人のために奉仕する義務が……」

「それが鬱陶しいと言ってんだよ！　ここには主人公はいないから、代わりに言ってやる！『お前が死んで悲しむ奴のことを考えろ！』——お前を育てた父親とか、お前のために死んだ母親とかのことだ！　お前が自分を否定するのは、お前を大切に思っている人間まで否定していることだって、いい加減にわかりやがれ！」

「あ……」

エアリスが凍りついたように言葉を失う。

それは本来であれば主人公であるレオンが口にするはずのセリフだったが、アイツは不甲斐なくもこの場にいない。

ならば、俺が代わりに言ってやるしかないじゃないか。

このまま他人だけを救って自分は救われることなく一人のヒロインが死んでいくなど、そんな鬱展開を認めるわけにはいかない。

俺がこの世界に転生した以上、ヒロインが不幸になるなど許さない。

全ての鬱展開をぶち壊す――そのためだったら、ヒーローにも悪役にもなってやる。

「お前の人生はお前のものだ！　他人のために無駄遣いしていい命なんてねえんだよ！　自分一人も幸せにできないような愚図が、他人様を幸せにしようなんて烏滸がましいわ！　思いあがるのもいい加減にしやがれ！」

「っ……！」

「やりたいことだってあるだろう？　好きなことだって、趣味だってあるだろう？　死にたくないならそう言え！　弱虫は弱虫らしく、助けてくれとみっともなく縋りやがれ！」

「うっ……あ、ああ……！」

エアリスは青い瞳からポロポロと涙を流した。真珠のように綺麗な涙だ。

母の死と引き換えに生き延びた彼女は、自分を罰するように己を犠牲にする生き方を選んでいた。そして、元々の能力の高さが災いして、周囲の人間もまた聖女のようなエアリスの優しさに甘えて聖女のように扱ってしまっていたのだ。

だから、そんな甘さと幻想を叩き壊す。

お前は聖女でも天使でもない。ただのか弱い小娘でしかないのだと、そう突きつけてやる。

「私は……助かっていいのですか？　母の命を犠牲にして生き残ってしまった私が、誰かに救いを求めてもよいのですか？」

「阿呆め、誰かに助けを求めるのは弱者の特権だ。お前は俺よりも弱いんだから、さっさと頭を下げて願え」

「…………わかり、ました。お願いします。助けてください」

ぶっきらぼうな俺の言葉に、エアリスはポツリとそう口にした。

どうやら俺の思いは届いたようである。安堵に胸を撫で下ろしながら、恥ずかしい台詞を吐いてしまったことを誤魔化すように顔を背けた。

「はっ、美人は泣くのも綺麗で羨ましいね。是非ともあやかりたいものだな！」

「美人だなんて……そんな……恥ずかしいです……」

「嫌味に決まってるだろうが……顔を赤くしてんじゃねえよ」

皮肉のつもりで言った言葉だが、なぜかエアリスは頬を薔薇色に染めて顔を伏せてしまう。

頭の片隅で嫌なフラグが立ってしまった音がしたのだが……あえて気がつかないふりをして、マジックバッグから魔力ポーションを取り出した。

「これからあのデカブツを沈めるから手伝え。拒否権はないぞ」

「わ、わかりました。でも……あの魔物は本当に強力です。皆さんが攻撃しても、傷一つ付けられなかった……」

「女を置いて逃げるような雑魚《カス》と一緒にするなよ。策だったらちゃんとある」

少し離れた場所では、ウルザとギガント・ミスリルが戦っている。

巨体から放たれる大振りのパンチをうまく躱しているようだが、それでもノーダメージとはいかないらしい。ギガント・ミスリルが地面を殴るたび、弾け飛んだ石の破片がウルザの白い肌を掠めていく。

また、隙を見て相手を鬼棍棒で殴ってもいるようだが、それもダメージにつながっている様子はない。ギガント・ミスリルにはほとんど傷らしい傷はなかった。

「……やれやれな硬さだな。これもゲームの通り、か」

ギガント・ミスリルは通常エンカウントするモンスターではない。

ダンジョン探索中にごくまれに出現する『デンジャラスエンカウント・モンスター』と呼ばれる危険種の敵である。

『ダンブレ』の制作スタッフが掲げる謎の信念の一つとして、『安全なダンジョンなど存在しない！』というものがあった。

つまり、どれだけ慣れたダンジョンであっても、１００パーセント安全な場所などない。必ず不測の事態は起こりうる。そんな妙に現実的な信念のもとに、制作スタッフはこのゲームにある設定を盛り込んでいた。

そんな謎理論の設定から生まれたのが、このデンジャラスエンカウント・モンスターである。

０・１パーセントの確率で出現するこのモンスターは、そのダンジョンのレベルよりも明らかに高い力を持っている。

また、それぞれが初見殺しと言っていいようなおかしなスキルまで持っており、遭遇すれば全滅必至という鬼難易度の敵なのだ。

「その薬で魔力を回復しながら、ウルザ……あの亜人の娘の傷を治癒してくれ。俺は魔法の詠唱に入る」

エアリスに一方的に指示を出して、俺は魔法を発動させる準備段階へと入る。

ゲームでは何度か遭遇して苦汁を舐めさせられた異形の魔物。あの時の借りを、ここで返させてもらおうか。


「だ、ダメです！　あの魔物に魔法は効きません！」

魔法の詠唱を始める俺に、エアリスが慌てて声を上げる。

「フンッ……誰に言ってやがるんだか」

ああ、知っているとも。

ギガント・ミスリル——あの危険種指定モンスターは、身体の表面をミスリル鉱石のコーティングで覆っている。

ミスリルは魔法に対して強い耐性がある金属だ。おかげで魔法攻撃は弾かれてしまい、全くダメージが通らない。

「いいから黙って俺に従え！　お前は言われた通りに仕事をしやがれ！」

「うっ……」

エアリスは困惑に瞳を揺らしながら、それでも指示通り、時間稼ぎをしているウルザに治癒魔法を飛ばす。

緑色の光に包まれて、ウルザの身体についていた大小の傷が跡形もなく消える。

「エクスヒール……ストレングスアップ……ガードアップ……スタミナチャージ……ラピッドフット……」

「つ……!?　急に力が湧いてきましたの！　まだまだ戦えますの！」

続けて、次々と補助魔法をかけてウルザの能力を底上げしていく。

後衛として適切な行動である。やはりメインヒロインの一人であるエアリスは有能だ。共闘して改めてその偉大さを思い知る。

「それでいい。お前の持ち味は回復とサポートなんだ。自分から前に出て誰かの盾になろうなんて、自分の強みを消してどうするよ」

「……わかっています。だけど、それでも私は誰かが傷つくところを見たくはないのです」

「傷ついたのであれば、お前が治してやればいい。それがヒーラーの仕事じゃないか。そして、前に立って後衛を守るのが前衛の仕事だ」

「…………」

「さて……」

エアリスが黙り込んだのを確認して、俺もまた自分の仕事に集中する。

ギガント・ミスリルには魔法は通用しない。ならば物理攻撃はどうかというと、これも実のところ効果は薄いのだ。

このモンスターは非常に硬く、耐久値も無尽蔵。物理で押し切ろうと思えば、ゲーム後半くらいのスキル熟練度が必要になる。

「まったく……初見殺しもいいところだな。制作スタッフの性格の悪さがわかる」

俺は意地の悪い制作スタッフに悪態をついて、詠唱を止めることなくマジックバッグからアイテムを取り出した。

これから発動させる魔法は、現在の【闇魔法】の熟練度では使用することができないものである。レベルシステムが存在しない『ダンブレ』の世界では、新しい魔法を修得するためには『魔法書』を取得しなければならない。魔法書によって魔法を覚え、さらにその魔法を発動できる熟練度までスキルを鍛えることにより、新しい魔法が使えるようになるのだ。

裏を返せば、熟練度が低くとも魔法書さえあれば強力な魔法を覚えることはできる。発動することができないだけ。

「ギガント・ミスリル――奴を倒す方法は二つ」

一つ目は、物理攻撃によってゴリ押しをすること。

敵の攻撃を避け続け、ひたすら攻撃を与えることにより、耐久値を削りきることだ。

そして、もう一つは魔法を使うことである。

ギガント・ミスリルは魔法を無効化する。実はそれはフェイクなのだ。このモンスターはミスリルの装甲によって魔法攻撃を無効化できるものの、一定以上の魔法ダメージを受けるとミスリル装甲が破壊されて、途端にただのゴーレムになってしまう。

ちなみに……この攻略法はゲーム上ではヒントを得ることができず、途方もない数のプレイヤーがギガント・ミスリルに挑戦して、その末に攻略サイトに載せられた魂の情報だった。

俺はアイテムバッグから虹色のボトルを取り出して、手の中で握りつぶす。途端、極彩色の光が俺の身体を包み込んでくる。

「課金アイテム――『ドーピング・ボトル』」

とはいえ、今の熟練度でギガント・ミスリルの装甲を崩すほどの魔法は使えない。

俺は一時的にスキルの熟練度を最大値にする課金アイテムを使用した。これで【闇魔法】スキルの熟練度がマックスになり、現在の俺では使えない魔法でも発動できるようになる。

今の俺であれば、最上級の闇魔法だって使うことができる！

「下がれ、ウルザ！　闇魔法――アビスゲート！」

俺の声に反応して、即座にウルザが離脱する。

次の瞬間、ブラックホールのような漆黒の闇がギガント・ミスリルを飲み込んだ。

単体攻撃系闇魔法『アビスゲート』。闇魔法の熟練度を90まで上げなければ発動できないその魔法の威力は、まさに屈指である。

『ダンブレ』の登場人物でこの魔法を使うことができるのは、ゼノン・バスカヴィルを除けば魔王だけ。

闇の極致ともいえる一撃が、ギガント・ミスリルを喰らい尽くす。

「ガガガガガガガガガッ……！」

最上級の単体攻撃魔法を受けて、紙切れのようにミスリルの装甲が破壊される。装甲の下から現れた石の本体をも打ち砕く。

ギガント・ミスリルを破壊しても奈落の闇は止まることなく侵食を続け、石の残骸が粉々の砂状になるまですり潰していく。

明らかなオーバーキルである。ギガント・ミスリルが消滅した後に残されたのは、手の平に乗るサイズの小さなメダルだけだった。

「討伐完了……やれやれだな」

「やりましたの！　さすがはご主人様！」

「すごい……これがバスカヴィル様の力……」

ウルザが華やいだ声と共に抱き着いてきて、エアリスは呆然と溜息をつく。

「お母様、私はようやく出会ったのでしょうか……お母様が言っていた、全てを捧げるべき

『運命の人』に……」

「ご主人様ー！　カッコよかったですのー！」

エアリスが小さくつぶやくが、か細い言葉は俺の耳に入ることなくウルザの明るい声に掻き消されてしまう。

そのつぶやきを聞き逃したことが致命的な問題であることに気がつくのは、わずかに先のことである。

エピローグ　新たな仲間、新たな覇道

ギガント・ミスリルを討伐した俺は、ドロップアイテムのメダルを回収してダンジョンから脱出した。

ちなみに、回収したメダルはデンジャラスエンカウント攻略の証明であり、このメダルを集めることで特別なアイテムが手に入ったりする。

『水底の魔女』と呼ばれる人物がメダルを交換してくれるのだが……あの魔女はゲームと同じように井戸の底に住んでいるのだろうか？


ダンジョンを少し戻った先に縛られたままのエアリスの元・パーティーメンバーがいて、恐怖と錯乱に泣き叫んでいた。これだけ騒いでいながらもモンスターには運良く発見されなかったらしく、とりあえずこちらも無傷なようである。

「フンッ……」

そのまま置いていってやろうか……そんなふうに思ったが、被害者であるエアリスから待ったがかかった。

「ダメですよ。ゼノン様」

「……助けてどうなる？　生かしておく価値がある連中ではないだろう」

いつの間にか下の名前で呼ばれるようになっていた。首を傾げる俺に、エアリスは子供に言い含めるような口調になる。

「彼らは私のことを置いていきましたけど、それは私が自分から囮役を買って出たからです。だから皆さんを責めるのは理屈が通りません」

「それはそうかもしれないが……それでもパーティーメンバーを見捨てたことには変わりないぜ？」

「そうだとしても、罰するのは学園の教員方の仕事です。私達が個人の倫理観で私刑を行ってよい理由にはなりません！」

不満をあらわにする俺にエアリスは人差し指を立てて、「それに……」と付け足した。

「こんな人達のために、ゼノン様が手を汚すことなんてありません！　タダでさえ他の方々から怖がられているのに、これ以上評判を落とすようなことはやめてくださいませ！」

「む……」

俺はやや顔をしかめて黙り込む。

エアリスの言い分はもっともだ。いくら自業自得とはいえ、クラスメイトを縛って魔物のエサにするようなことをしてしまえば、学園で非難を受けることは避けられない。ジャンをはじめとして、せっかくできた友人だって離れていく可能性がある。

俺は仕方なしに肩をすくめ、彼らにかけた拘束の魔法を解除した。

「君は正しく聖女だよ。こんな救いようのない連中にまで慈悲をかけるなんてな」

「私が聖女？　まさか！」

感心半分、揶揄半分に言ってやると、エアリスは心外だとばかりに首を振った。

「私は彼らを救いたいわけではありません。私が守りたいものは貴方の名誉ですよ。命の恩人であるゼノン様」

「フッ……生意気な返しをしやがる。いつから俺の保護者になったんだか」

拘束を解かれた男子生徒らが「わあわあ」と騒ぎながら、上の階層に向かう階段へと駆けていく。

エアリスは彼らについていくこともなく、なぜかウルザと一緒になって俺にピッタリと寄り添ってくる。

ウルザのようなツルペタロリが相手であれば何も感じることはないのだが……エアリスは豊満な体型の美少女だ。必要以上に距離を詰めてこられると、突き出した胸部に腕が触れてしまいそうで恐ろしい。

「……近くないか？　もう少し離れて歩いて欲しいんだが？」

こんなところで痴漢冤罪など起こされては堪らない。そんな意図を込めて告げるのだが、エアリスは頬を薔薇色に染めて微笑んだ。

「私はヒーラーですから、いざという時には守ってもらわなければ困ります。あまり距離をとらない方がいいでしょう？」

「それはその通りだが……いや、いくら何でも近すぎるだろ……」

「それに私に好きにしてよいと言ったのはゼノン様ではありませんか。自分のために生きてよいと言ったのもゼノン様です。だから好きなようにしているのです。ちゃんと自分の言葉に責任を取ってくださいな」

「…………」

悪戯っぽく微笑みながら言われると、黙るしかなかった。

何故こうなったのだろうか？　いや……俺が原因なのはわかるのだが、完全にフラグが立っていないか？

エアリスはまだレオンとパーティーを組んでいないから、『寝取り』にはなってないのだが……本来であれば、レオンが立てるはずだったフラグを奪ってしまったのは間違いない。

「ところで……ゼノン様？」

「……何だよ」

「私の母が亡くなる直前、『あなたの全てを捧げられる運命の相手を探して添い遂げなさい。その人がきっと、あなたにとっての勇者様だから』……そんなことを言っていたのですが、ゼノン様は母が言う通りに勇者なのでしょうか？」

「おいおい……ふざけろよ。俺が勇者なわけがあるか」

それどころか、勇者を追い詰めて世界を破滅に導く敵キャラだ。エアリスの母親が何を思ってそんな遺言を残したのかは知らないが、さすがに勘違いが過ぎるだろう。

「そうですか……だったら、これから勇者になるのかもしれませんね。勇者になるも、悪党になるも、全てはゼノン様の意志次第ですから」

「わけのわからないことを……いつから、お前は占い師に転職したんだよ。人生相談をした覚えはないぜ？」

呆れ返って言ってやるも……エアリスは包み込むような慈愛の笑みを浮かべている。

俺の右腕をとって柔らかすぎる胸で抱きしめて、まるで神に誓いを立てるように厳かな雰囲気で口を開く。

「貴方が勇者になるのでしたら、私は貴方を守る聖女にも守護天使にもなりましょう。貴方がタダの凡夫として終わるのならば、私も平凡な女として生涯を捧げましょう。私の仕えるお方、私の運命の人……病める時も健やかなる時も、私は変わることなく貴方のお傍に侍ることを誓います」

「…………」

祈るように瞳を閉じて、そんなことを言ってのけるエアリス。

そんなセリフ、ゲームに出てきていなかったと思うのだが……俺はどんなフラグを立てたというのだろう。

「どうなるんだよ……コレは……」

予想もつかない展開に途方に暮れながら……それでも魅力的すぎる感触に抗うことができず、俺は巨大な乳房を押しつけられた腕に意識を集中させてしまうのであった。

こうして、ダンジョンの攻略に成功して、また一つの冒険が終わった。

手に入れた成果は新たな仲間。ヒロイン三巨頭の一角であるエアリス・セントレアである。

悪役キャラに転生した俺の覇道は、まだまだ始まったばかりだった。

《了》

特別収録　春の公園デート

エアリス・セントレアは聖女である。

厳密に言うと『聖女』というジョブは得ていない。しかし、枢機卿の娘であり、神官としての献身的な活動、天使のように整った容姿と優しい性格から『セントレアの聖女』などと呼ばれている。

清楚にして清廉。清純そのもののエアリスであったが……現在、彼女は下着姿で懊悩している真っ最中。あられもない格好で頭を抱えていた。

「うーん……どうしましょう、どの服を着ていったらよいのでしょうか……？」

白い下着を身に着けただけの格好でエアリスがうんうんと唸る。

場所は王都にあるセントレア子爵家の屋敷。エアリスが寝室として使用している一室であった。

普段はエアリスのキッチリとした性格そのままに整頓されているのだが、今は床にもベッドにも服が散乱している。

「わかりませんわ……どの服を着ていったら、ゼノン様に喜んでいただけるのでしょう……？」

彼女を悩ませている原因は、最近知り合った青年——ゼノン・バスカヴィルである。

先日、エアリスは『巌窟王の寝所』というダンジョンの奥で魔物に追い詰められているところを、ゼノンによって救い出されていた。

エアリスはそのお礼をするためにバスカヴィル家の屋敷を訪れようとしているのだが……どの服を着ていくかで頭を悩まされていた。

エアリスは類まれな美少女であったが、これまで男性とは無縁の生活を送っている。恋人がいたこともなく、男性の目を気にして服装を選んだ経験もない。

せっかくゼノンの家を訪れるのだからオシャレをしていきたいと思い至ったのだが……どんな服を着ていったら喜んでもらえるのか、全くわからなかった。

「無難にいくのであれば、いつも通りに修道服で……いえ、いけませんね」

エアリスは声に出して自問自答しながら、首を横に振る。

一緒に冒険に出るのであれば防具でもある修道服を着ていくのだが、今回の訪問の目的はゼノンに助けてもらったお礼を言うこと。付け加えると、それをきっかけにゼノンともっと親しくなりたいと考えていた。

飾り気のないいつもの格好でゼノンに会うのは、どこか女として負けている気がする……それは恋愛とは無縁に生きてきたエアリスでもわかった。

「こんなことなら、クラスの女の子と服やアクセサリーの話をしておくんでした。お母様が生きていたら相談できるのに……あ！」

そこでふとエアリスは思い出して洋服ダンスの奥を漁る。衣服や下着に埋もれている木箱を両手で掴んで引っ張り出す。

「これがありましたわ！　お母様が残してくれた服が！」

それはエアリスが父親から受け取った母親の形見だった。

母が若い頃に着ていた服を直したもので、若かりし頃に父とのデートでよく着ていた服だそうだ。

「この服ならば、ゼノン様のお目汚しにもならないはず。フフッ……お母様、ありがとうございます！」

エアリスは木箱から取り出した服を抱きしめ、天使のような笑みを浮かべたのである。

〇　〇　〇

「ごきげんよう。ゼノン様」

「…………」

とある日の出来事。

バスカヴィル家の玄関に前触れもなく現れた女性の姿に、俺は思わず言葉を失う。

目の前にいる女性はもちろん知り合いだった。先日、ダンジョンの奥から救出したクラスメイト。『ダンブレ』におけるヒロイン三巨頭の一人であるエアリス・セントレアである。

風になびく金色の髪。サファイアのような青い瞳。その姿はまさに天使のよう。背中に羽がないことが逆に不自然と思えるような清楚な美少女だった。

ただ……そんな彼女がいつもとは趣の異なる衣装に身を包んで立っている。

「せ、セントレアか……どうした、その格好は？」

「私のことはエアリスで結構ですよ、ゼノン様」

俺の問いに、エアリスが穏やかな表情で首を傾げる。

エアリスが身に着けているのはいつもの修道服ではない。清潔そうな白のブラウスと紺色のロングスカート。首元には赤いリボンが飾られている。

決して露出が大きいわけではない。わけではないのだが……清楚っぽい服であるにもかかわらず不思議と大きな胸が強調されており、生唾が出てくるのが抑えられなくなる艶のある格好だった。

「ど、『童貞を殺す服』だと……！」

そう……それはいわゆる『童貞を殺す服』。

清楚でありながらそこはかとないセクシーさを内包し、女子に免疫のない男子のハートを撃ち抜く必殺の勝負服。

下品にならない程度にレースがあしらわれた清純な格好はエアリスにとんでもなく似合っており、下手をしたら下着姿よりも男心を鷲掴みにしてくる。

ちなみに……この『童貞を殺す服』は王都にある防具屋で普通に売っているものだった。

防御力自体は底辺に近い紙装甲なのだが、その愛らしさから人気を博し、大勢のプレイヤーがヒロインに装備させていた。

　この装備が戦闘に役立つことはほとんどないのだが……数少ない例外として、森林系のダンジョンに出現する『チェリーマン』というモンスターに対しては非常に有効となる。この服を装備したキャラクターが攻撃するとどんな小さなダメージでも即死させることができ、おまけに『ゴールドボール』という高値で売れるアイテムをドロップするのだ。

「この服ですか？　これは母の形見の品なのです。父がプレゼントしたもので、デートの時によく着ていったそうですよ？」

「……………………そうか」

　なるほど。

　高潔な聖職者として知られるセントレア子爵も、童貞殺しの魅力には抗えなかったということか。その気持ちはとてもよくわかる。

　俺自身、今のエアリスを前にすると前かがみになりそうになって仕方がなかった。

「ゼノン様……」

「ん……？」

「…………」

　エアリスがジッと何かを期待するような目で見つめてくる。

　察しの悪い俺でも、エアリスが何を求めているのかが理解できた。つまりは感想を求めてきているわけだ。

「あー……似合ってるぞ。その服」

「……………！」

エアリスがパアッと華やいだ顔をする。

どうやら、俺の出した回答が正解だったらしい。エアリスは頬をバラ色に染めて胸の前で手を組んだ。

「オシャレをしてきてよかったです！　天国のお母様にお礼を言いに行きたい気分ですわ！」

「うん、死ぬからやめておこうな」

「はい、教会で祈るだけにしておきます……ところで、ゼノン様。これからお時間はありますか？」

「時間……？」

俺は首を傾げた。

暇にしているのかと聞かれたら、それはもう大いに暇にしている。なんたって、学園から謹慎処分を喰らわされたばかりなのだから。

先日、俺は『巌窟王の寝所』でエアリスを救出したのだが、その際に彼女をダンジョンに引き込んだクラスの男子共に魔法を浴びせている。

ダンジョン内は自己責任。怪我をしようが、命を落とそうが学園は責任を取らないのが原則である。

とはいえ……犯罪行為までもが容認されるわけではない。他の冒険者に暴行を加えたり、アイテムを奪ったりしたら当然のように処罰が与えられることになる。

今回はエアリスを強引にパーティーに引き入れた男達にも原因があるとのことで、罪に問われることはない。それでも……正式な処分が下るまでは謹慎を言いつけられており、学園も強制的に休みとなっていた。

「時間ならあるが……ん？　俺はともかく、セントレア……じゃなくて、エアリスは授業があるだろう？」

謹慎を喰らっている俺はともかくとして、完全な被害者であるエアリスには学園の授業があるはずだが。

「はい、サボってしまいましたわ。お勤めや習い事をズル休みするのは初めてです」

エアリスがペロッと舌を出して言う。

うん、可愛い。可愛いが……それでいいのかよ。

「いや……そうじゃなくて、サボった？　お前がか？」

「おかしいですか？　私がズル休みをしたら」

「おかしいかって……そりゃあ、まあな」

エアリスは清楚な外見通りに真面目な性格で、学校の授業をサボるようなタイプではなかったはず。何か人生観を変えるような心境の変化でもあったのだろうか？

「今日はゼノン様への御礼がしたくて、お弁当を作ってきたんです。よろしければ召し上がっていただけると嬉しいのですが……」

エアリスが両手に持ったバスケットを胸の前に持ち上げ、上目遣いで見つめてきた。

青い瞳が不安そうに揺れている。ここで首を横に振ろうものなら、大きな瞳から涙がこぼれてしまうかもしれない。

「弁当か……昼飯は食ってないし、別に構わないが」

俺は断る理由もなく頷いた。

美少女が手料理までぶら下げてやってきたのだ。これを拒絶することができたら男ではあるまい。

「わかった……せっかくだ。公園にでも行って、そこで食べよう」

エアリスを屋敷の中に招き入れるのはやや抵抗がある。

父親――ガロンドルフ・バスカヴィルは留守にしているとはいえ、バスカヴィル家の関係者にはあまり会わせたくはなかった。

「もちろん、ウルザもついてきますの！　エアリスさんのお弁当、楽しみですのー！」

「む……」

ひょこんと俺の背中からウルザが顔を出した。どうやら、俺とエアリスの会話を聞いていたらしい。

「はい。ウルザさんの分もちゃんとありますよ。ダンジョンでは助けてもらいましたからね」

エアリスは穏やかな笑みを浮かべて、手料理が入ったバスケットを掲げた。

俺とエアリス、ウルザは連れ立って王都の中にある公園へ足を運んだ。

春の公園は暖かく、花壇には花が咲いていた。

広い自然公園には大勢が行き交っており、ジョギングなどの運動をしている者もいれば、男女で腕を組んでデートをしている者もいる。

「きゃあっ！」

「うわっ⁉」

しかし、俺が足を踏み入れると、公園を包み込んでいた和やかな空気が一瞬で変化する。

俺の顔を目にした人々から恐怖の悲鳴が上がった。

「うわっ！　なんかギャングみたいな顔の奴が来たぞ⁉」

「ママー！　怖いよー！」

「見ちゃダメよ！　攫われるわ！」

「きゃあああああっ！　犯されるううううっ！」

「む……」

忘れていたわけではないのだが……改めて自分が悪人顔であることを突きつけられて、自然と渋面になってしまう。こんなことなら、マスクやサングラスで変装してくればよかったと後悔が押し寄せる。

人波が割れて『モーゼの十戒』のように道ができていく。俺達は広々とした道を悠然と歩き、公園の中を進んでいく。

「まあ……別によいけどな。公園を広く使えるわけだし。悪人顔バンザイだ」

負け惜しみのように言いながら……公園の中にある芝生に座った。右にウルザ、左にエアリスが座ってきた。

元々、公園にいた人々が距離を取って、俺達……否、俺を中心として円形に人がいないスペースが生まれる。

「みんな、変わってますの。ご主人様はこんなに格好いいのに」

「はい、皆さん見る目がありませんね。ゼノン様の魅力に気がつかないだなんて」

ウルザとエアリスが不服そうな顔になっていた。どう考えてもおかしいのはこの二人なのだろうが、その言葉に気持ちが軽くなる。

「どうでもいいさ。そんなことよりも、さっさと飯を食わせてもらおうか」

「ウルザもお腹が減りましたのー。早く食べたいですのー」

「あ、そうですね。それでは二人とも召し上がれ」

エアリスがバスケットを開くと……中に詰まっていたのはサンドイッチである。具材はハムやレタス、トマト、卵、フルーツなど様々だ。

いかにも女子の手料理らしくとても彩りが良い。コンビニなどで売っているものよりもずっと華やかに見えた。

「ゴクッ……美味そうだな」

「美味しそうですのー！　いただきますですのー！」

ウルザが即座にサンドイッチの一つを手に取り、口に放り込んだ。モシャモシャと咀嚼して幸せそうな顔で飲み込む。

「ハフー……美味ですのー」

「フフ、ありがとうございます。さあ、ゼノン様もどうぞ食べてくださいな」

「ああ、もらうよ」

差し出されたサンドイッチを受け取って口に運ぶと、程よい酸味と甘さが口いっぱいに広がった。

どうやら、イチゴ……によく似た果実が使われているらしい。果実の色は真緑色をしていて気になるのだが、味は絶品だった。

「美味い……」

「はい！　ありがとうございます！」

思わずこぼれてしまった感想に、エアリスが満面の笑みを浮かべる。

太陽のような笑み。あんな素っ気ない感想でこんなにも喜んでくれるだなんて、逆に申し訳なくなってしまう。

「月並みな感想しか言えなくて悪いな。だが、美味いのはお世辞じゃない」

「どんな言葉だって嬉しいですよ。ゼノン様が喜んでくださるのなら」

「そうかよ……それなら、別によいんだがな」

「はい」

それから、しばし三人で食事を摂るだけの時間が続いた。俺達の間に会話は少なかったが……不思議と居心地の悪さは感じない。

やがてバスケットの中身が空になった。食事が終わったタイミングを見計らい、エアリスが水筒から紅茶を注いで差し出してくれる。

「フウ……満足だ。感謝するぞ」

「感謝だなんて……命を救ってもらったのだから、これくらい当然ではないですか」

「それはそうかもしれないが……いや、どうだろうな？」

ふと後ろ暗さのようなものを感じて、俺は考え込む。

俺がエアリスを助けたのは、ウルザがレオンの玉を蹴り潰したことが遠因となっている。もしもあの余計なイベントがなかったのなら、ゲームのシナリオ通りにレオンがエアリスを助け出していたことだろう。こうやってサンドイッチを齧っていたのもレオンだったかもしれない。

あの男が玉を蹴られたのは自業自得。奴に対して申し訳ないという思いはないが……主人公と結ばれて幸福を掴むはずだったエアリスの未来を奪ってしまったことには、少しだけ罪悪感があった。

「……本来であれば、お前の隣にいたのは俺じゃなかったかもしれない。俺よりもお前の感謝を受けるのにふさわしい人間がいたのかもしれない」

つぶやいて、紅茶の入ったカップを芝生の上に置く。

「俺はどうせ悪役だ。物語の主人公なんかにはなれるものか。日陰者の俺と一緒にいるよりも、もっと他に幸せになれる道があるのかもしれない」

「ありませんよ。ゼノン様のお役に立つ以上に大切なことなんて」

「あ？」

「私はもう決めていますから。ゼノン様が気にされることは何もありません！」

エアリスが断言する。

堂々と、白いブラウスに包まれた大きな胸をグッと張って。

「ゼノン様が何を気に病まれているのかは知りませんが……どんな経緯があったにせよ、私を助けてくれたのはゼノン様ですわ。だから、私が感謝を捧げるべきなのもゼノン様だけです。他の誰でもありません！」

「………………」

「もちろん、ゼノン様がそれを受け入れてくだされればの話ですけど……嫌でしょうか、私が傍に侍るのは？」

エアリスが縋るような上目遣いになり、俺の顔を覗き込んでくる。

あざとい顔と態度だ。こんな顔で見つめられて、誰が「ＮＯ」と口に出せるというのだろうか。

「はあ……わかったよ。了解した」

俺は肩を落として、エアリスの提案を受け入れる。

「強引に命を助けておいて、後は勝手にしろと言うのも勝手だよな。いいだろう、責任は取ってやるさ。その代わり……俺と一緒に来るのは楽じゃないぜ？」

「はい、覚悟はできておりますわ！　愛の道はいつだって険しいものですから！」

「まったく、何が愛だよ……さすがはヒロイン。大人しいように見えて我の強いことだ」

俺は照れ隠しに頭を掻いて芝生から立ち上がった。そのまま、少し離れた場所にある木の下まで歩いていく。

公園の片隅にひっそりと生えていたのは、今にも朽ち果ててしまいそうな老木だった。他の木々が季節の花々をつけているのに対して、この木だけが花をつけず、緑を生い茂らせることもなく所在なさげに立っていた。

「新しい仲間が加わった記念だ。面白いものを見せてやろう」

ポケットから小瓶を取り出し、蓋を開けて中の液体を木の根元へと振りかける。

青い色をした半透明の液体がキラキラと陽光を反射しながら、老木の根に吸い込まれていく。

「ゼノン様……？」

「ご主人様、何をしているですの？」

「まあ、見ていろよ。別に公園までのほほんと弁当を食いに来たわけじゃない。ちょうど良い機会だからイベントを消化させてもらおう」

「イベント？」

エアリスとウルザが顔を見合わせ、首を傾げた。

『ダンブレ』には特定の月や季節だけにしか発生しないイベントがいくつか存在している。

この公園でのイベントもそう。春の季節に公園にある古木にポーションを振りかけることが条件となり、発生するイベントがあるのだ。

「あっ！」

「ひゃあっ!?」

エアリスとウルザが同時に声を上げた。

ポーションを振りかけた老木が風もないのに枝を揺らしたかと思えば、途端に満開の花を開かせたのである。

枯れ木の枝に一瞬で蕾が膨らみ、映像を早回しでもしているかのようにピンクの花を開かせる。桜と似た花びらが無数に散って俺達の周りを包み込んだ。

『ありがとう』

『ありがとう』『ありがとう』

『ありがとう』『ありがとう』『ありがとう』『ありがとう』『ありがとう』

「こ、この声はいったい……」

花びらのシャワーに包まれながら、エアリスが呆然とした様子でつぶやく。

「この木に宿っている精だ。この老木は光の精霊の宿り木だったんだよ」

春季限定イベント――『春を告げる精霊』。

公園の片隅に生えた老木には精霊が宿っており、長い間、人々を見守ってきた。

しかし、年月が経つにつれて木が徐々に年を取って老木になっていき、宿っていた精霊も一緒に衰退してしまう。

宿り木を変えれば精霊の弱体化を止めることができるのだが……長年、共に生きてきた木を見捨てることができず、精霊は木と一緒に死にそうになっていた。

精霊を救うためには老木にポーションを振りかける必要がある。主人公がポーションをかけると木が息を吹き返し、精霊も力を取り戻す。

精霊は命を助けられたお礼にアイテムをくれるのだが……ここで発生するエフェクトが非常に美しく、多くのプレイヤーが心を奪われた。

「フン……なかなか見事なものじゃないか。映像に負けていない」

俺達の周りを踊るようにして咲き乱れる花びらは幻想的で、現実とは思えないほど美しかった。リアリティのある映像で評価が高いこの『ダンブレ』には、美しい風景やイベントが多いのだが……その中でも、これは屈指の華やかさである。

『ありがとう、心優しき人よ』

「ん……」

『これは御礼です。どうぞ持っていってください』

精霊の声が耳朶を震わせ、掌の中に小さな感触が生じる。

手を開いてみると……そこには真珠のような白い宝玉があった。

「ほれ、やるよ」

「え……？　ゼノン様、これは……？」

「『光精の欠片』。特定のスキルを成長させることができるパワーアップアイテムだ」

光精の欠片は光系統のスキル……【光魔法】や【治癒魔法】の熟練度を『5』成長させることができる消費アイテムである。

基本的には光属性のモンスターからのドロップでしか手に入らないのだが、このイベントでは確定で入手することができた。

「綺麗……」

エアリスが掌にある宝玉を見つめ、夢見るようにつぶやく。

しばし見蕩れていたエアリスであったが……やがて瞳に涙を浮かべて顔を上げた。

「命を救っていただき、傍に侍ることを許してくれて……おまけに、こんな贈り物までいただけるだなんて！　一生、大切にいたします！」

「いや、するな。使えよ」

それは消費アイテムだ。使わなくては意味がない。

「家宝にいたしますわ。これでアクセサリーを作って、いつか私達に娘が生まれたら見せてあげましょう……！」

「いや、だから使えって！　そして『私達に』ってなんだ!?」

どうして、俺とエアリスが子供を作ることになっているのだ。

俺がエアリスに光精の欠片を渡したことに深い意味はない。ただ、彼女が【治癒魔法】のスキルを持っているからあげただけである。

そんなプロポーズされたような反応をされても困ってしまう。

「ズルいですの！　ご主人様からのプレゼント、ウルザも欲しいですのっ！」

ウルザが喚き散らし、エアリスの手から宝玉を奪い取ろうとする。

「ダメです！　絶対にあげませんわ！」

エアリスはヒーラーとは思えないような機敏さを見せ、手の中の宝玉を死守した。

「ウルザもご主人様の小鬼を生みますのー！　その石をよこすですのー！」

「ダメです！　ゼノン様の御子を生む権利は絶対に譲りません！」

「いや、どうしてそうなってる!?　いつから、そのアイテムにそんな特典が付与されたんだ!?」

宝玉を手にしたら俺と子作りができるだなんて、誰が決めたというのだろう。

それはタダの消費アイテムだ。勝手なことを言わないでもらいたい。

「うがー！　奪い取るですのー！」

「きゃあっ!?」

ウルザがエアリスの服を掴んで、力任せに引っ張った。

途端、白のブラウスがブチブチと不吉な音を上げ、ボタンが吹き飛ぶ。白い下着に包まれた巨大な果実がこぼれ出て「ブルンッ！」と揺れた。

「なあっ!?」

思わぬラッキースケベに、俺は身体をのけぞらせた。エアリスは頬を染めて慌てて胸を隠す。

「ああっ、なんてはしたないところを……！」

エアリスは両手をクロスさせて胸部を隠しながら……意味ありげな目をこちらに向けてきて、嫣然と微笑む。

「もうお嫁にいけませんわ……こうなった以上、やはりゼノン様にもらっていただかないといけませんね！」

「いやいやいやいや！　何を言ってんだお前は!?」

「うがー！　ズルいですの！　ウルザもおっぱいを見てもらって、ご主人様のお嫁さんになりますのー！」

「そっちはそっちで何を喚いていやがる!?　コラ、お前まで服を脱ぐんじゃない！」

エアリスに続いて、ウルザまで服を脱ぎだした。シャツをまくり上げ、下着を着けていない小ぶりな胸を露出させる。

「ご主人様におっぱいを見せて、お嫁さんにしてもらうんですの!!　もう、脱ぐしかないですのー！」

「誰がそんな公約をしたんだよ!?　勝手なルールを作ってんじゃねえ！」

咲き乱れる花びらに包まれながら、俺は半裸の美女と美少女に挟まれて喚き散らす。

幸いなことに、花のカーテンによって阻まれて周囲からの視線は遮断されている。公園にいる人々にエアリスとウルザの裸身が見られることはなかった。
まるで揶揄うように、あるいは祝福するかのように、ピンクの花弁はいつまでも俺達の周りで舞い踊っているのであった。

《特別収録　春の公園デート／了》

あとがき

初めましての方も、そうでない方もこんにちは。レオナールＤです。

まずは本作を手に取ってくれた読者の皆様、出版にお力添えをいただいた方々に心より感謝を申し上げます。

第１回一二三書房ＷＥＢ小説大賞で銀賞をいただいたことで、本作――「悪逆覇道のブレイブソウル」を書籍としてお届けすることができました。

ネット小説家として活動を始めて四年。こうして書籍化３シリーズ目となる本作を出版することができて、ようやく作家として一人前になれたのかなと実感しています。

元々は中二病のファンタジー・オタクとしてライトノベルを読みあさっていた私ですが、ふと妄想を書き散らした作品をネットに投稿し、書籍化したことで趣味だったライトノベルを仕事にするようになりました。

本当に自分の描いた作品が楽しんでもらえているのかと悩みながらキーボードを打つ毎日でしたが……こうしてブレイブ文庫様より新たな作品を世に出すことができて、作家としての自信もついてきたようです。

私は子供の頃、正義の道を進むヒーローよりも、怪人や悪役に感情移入するタイプの子供でした。

たとえヒーローに勝てずとも、最後まで堂々として己の道に貫いている悪役に強いあこがれを抱いており、そんな思いが本作の主人公であるゼノン君にも込められています。

『悪』として生きる道を与えられた主人公が運命にあらがいながら、それでも自分の意思と信念を押し通し、大切な人達を守っていく……そんな悪役の格好良さを知ってもらいたくて、本作が誕生しました。

これからもどうか、ゼノン君とヒロイン達の冒険の物語を見守っていてください。

それでは、またお会いできる日が来ることを全ての神と仏と悪魔に祈って。

レオナールD

ブレイブ文庫

レベル1の最強賢者
～呪いで最下級魔法しか使えないけど、神の勘違いで無限の魔力を手に入れ最強に～

著作者:木塚麻弥　イラスト: 水季

1～6巻好評発売中!

邪神の呪いでステータス固定の
チート賢者が誕生!!!

邪神によって異世界にハルトとして転生させられた西条遥人。転生の際、彼はチート能力を与えられるどころか、ステータスが初期値のまま固定される呪いをかけられてしまう。頑張っても成長できないことに一度は絶望するハルトだったが、どれだけ魔法を使ってもMPが10のまま固定、つまりMP10以下の魔法であればいくらでも使えることに気づく。ステータスが固定される呪いを利用して下級魔法を無限に組み合わせ、究極魔法をも強い下級魔法を使えるようになったハルトは、専属メイドのティナや、チート級な強さを持つ魔法学園のクラスメイトといっしょに楽しい学園生活を送りながら最強のレベル1を目指していく!

定価:760円(税抜)
©Kizuka Maya

ブレイブ文庫

どれだけ努力しても万年レベル0の俺は追放された

～神の敵と呼ばれた少年は、社畜女神と出会って最強の力を手に入れる～

著者:蓮池タロウ　イラスト:そらモチ

どんなに頑張ってもレベルが上がらない冒険者の少年・ティント。【神の敵】と呼ばれる彼は、ついに所属していたパーティから追放されてしまうが、そんな彼のもとに女神エステルが現れる。エステル曰く、彼女のミスでティントは経験値を得られず、レベル0のままだったという。そのお詫びとして、今まで得られたはずの100倍の経験値を与えられ、ティントは一夜にして最強の冒険者となる!

定価:760円(税抜)

©hasuiketaro

唯一無二の最強テイマー
～国の全てのギルドで門前払いされたから、他国に行ってスローライフします～
原作：赤金武蔵　漫画：田村紘一
キャラクター原案：LLLthika
異世界還りのおっさんは終末世界で無双する
原作：羽々音色　漫画：ダンタガワ
処刑された聖女は死霊となって舞い戻る
原作：緒二葉　漫画：蚊
キャラクター原案：みなせなぎ

雷帝と呼ばれた最強冒険者、
魔術学院に入学して
一切の遠慮なく無双する
原作：五月蒼　漫画：こばしがわ
キャラクター原案：マニャ子
モブ高生の俺でも
冒険者になれば
リア充になれますか？
原作：百均　漫画：さぎやまれん
キャラクター原案：hai
魔物を狩るなと言われた
最強ハンター、
料理ギルドに転職する
原作：延野正行　漫画：奥村浅葱
キャラクター原案：だぶ竜
COMIC
NOVA
ノヴァ
話題の作品
続々連載開始!!

BRAVENOVEL
ブレイブ文庫

悪逆覇道のブレイブソウル 1

2022年11月25日　初版第一刷発行

著　者　　レオナールD

発行人　　山崎 篤

発行・発売　　株式会社一二三書房
〒101-0003 東京都千代田区一ツ橋2-4-3
光文恒産ビル
03-3265-1881

印刷所　　中央精版印刷株式会社

■作品の感想、ファンレターをお待ちしております。

■本書の不良・交換については、メールにてご連絡ください。
株式会社一二三書房　カスタマー担当
メールアドレス：store@hifumi.co.jp

■古書店で本書を購入されている場合はお取替えできません。

■本書の無断複製（コピー）は、著作権上の例外を除き、禁じられています。

■価格はカバーに表示されています。

■本書は小説投稿サイト「小説家になろう」（https：//syosetu.com/）
に掲載された作品を加筆修正し書籍化したものです。

Printed in Japan, ©LeonarD

ISBN 978-4-89199-894-3 C0193